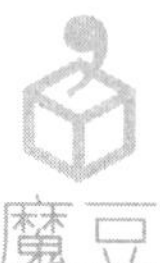
魔豆

魔豆

神使繪卷
The Story of GOD's Agents
14

目錄

【人物介紹】

張亞紫

繁星大學文學同好會顧問，
真實身分為文昌帝君，
同時也是柯維安的師父。
神使公會中唯一的「神」。

曲九江

繁星大學中文系一年級。
是半妖，也是神使。
是對周遭漠不關心的型男。
出乎意料熱愛某種飲料！

宮一刻/小白

繁星大學中文系一年級。
眼神凶惡、個性火爆，
但喜歡可愛的事物。
是為神使，也具半神身分

黑令

黑家狩妖士家的少主。
身高超過190，靈力極高。
幾乎對任何事不感興趣，
沒幹勁，不在意自身安危。

柯維安

繁星大學中文系一年級。
腦筋靈活，卻缺乏體力。
文昌帝君的神使，是個
最愛蘿莉的娃娃臉男孩。

符芍音

現任符家狩妖士家主。
白髮與紅眼，缺乏表情、話
語簡短，有時會出現老氣橫
秋的一面。

楊百罌

繁星大學中文系一年級。
班上班代，個性高傲、
自尊心強，責任心也重。
現為楊家狩妖士當家家主

蔚可可

西華大學外文系一年級。
個性天兵，常讓兄長與一刻
頭痛；但開朗易結交朋友。
淨湖神使。

蔚商白

西華大學法律系二年級。
個性嚴謹、認真，高中時
任糾察隊大隊長。
淨湖神使。

安萬里

繁星大學文學研究同好會社長，也為神使公會副會長。
文質彬彬，但其實……
妖怪「守鑰」一族。

范相思

神使公會執行部部長。
看起來約莫高中生年紀。
個性狡猾，愛錢無人比！

胡十炎

神使公會會長，六尾妖狐。
擁有天真無邪的面孔，惡魔般的毒舌。魔法少女夢夢露的狂熱粉絲！

秋冬語

繁星大學中文系一年級。
系上公認的病美人，面無表情、鮮少說話。
種族不明，神使公會一員。

珊琳

擁有操縱植物能力的女娃。
真實身分是山精，
亦為楊家的下一任山神。

楔子

最開始的時候，符廊香並不記得自己叫作什麼名字。

當然記不得了。

當了一般人口中的「亡靈」那麼多年，久到她甚至算不出是幾年。她忘記了許多事、許多人，忘記自己的姓名、自己的來歷。

她就像是一團漂泊在人世間的渾沌黑氣，居無定所，不知何去何從。

但她唯一不曾忘卻的，就是傷害、殺害。

看著他人因絕望而扭曲的表情，那感覺美好得足以令她顫慄。

太有趣了，不是嗎？

因此，她總會忍不住暗自祈求著，再讓她實際地、再一次地體會那種感受吧。

她想，她要，她渴望。

然後，一股突如其來的力量猛地將她一把攫住，就像是有個看不見的強力漩渦，將她從頭到腳徹底吸入。

黑暗吞噬了她的意識，也許只是片刻，也許經過很久。而不管這中間經歷了多長時間，當她重新睜開眼，看見的是一雙表面清冷，實則蘊藏驚人瘋狂的異色雙眸。

左藍右紅。

她不禁覺得備感親切，回想起自己當年殺人縱火時，也具備著類似的瘋狂。

她咧咧嘴，露出一抹天眞歡快的笑容，握住那雙瘋狂眼睛主人的手。

那是她第一次和情絲大人的會面。

接著她被賦予名字，她是符廊香，藉由符家術法與木頭人偶重返人間的鬼偶。

無論怎樣，她都擁有了生命，又回到世界上，可以眞正、痛快地享受著傷害人的快感。

首先，目標就是一名叫「柯維安」的男孩子。

符廊香摸摸自己的臉，和柯維安是如此相似。

這是自然，因爲她的外表就是情絲大人仿照著柯維安塑造出來的；後者原來也不是人類，而是和自己相同的鬼偶。

就先後來講，對方也算得上是她的「哥哥」。

噢不，還是有些地方不一樣。

例如維安哥哥依附的是屍體，例如維安哥哥過著幸福快樂的日子……他成爲專門對付妖怪的神使，還擁有不少朋友……

這簡直，令人無法忍受，是吧？

符廊香的笑意愈發天眞爛漫，眼中的惡意也愈發濃闃黏稠。

既然是鬼，就該有鬼的樣子呀。

於是她接受了來自情絲大人身上的「唯一」污染，跟隨情絲大人前往符家。

她終於眞正見到她的哥哥。

可惜，事情最終並未順利按照計畫發展。

維安哥哥沒有變回鬼，情絲大人沒有殺死傾絲，符家也沒有滅於童靈們之手……

可是，還是有意料之外的收穫。

她從來不曉得，被瘴異寄附的滋味是那般美妙。

她是鬼，她是瘴異，她是符廊香，現在她也是……■■。

符廊香在幽暗裡咯咯笑起，張握了下自己蒼白的手指，聽著指關節像是人偶般發出卡啦卡啦的詭異音響。

雖然目前沒有實質的軀體可供自己使用，但是她很快就能再找到更好的。

畢竟對瘴異來說，即使欲線不夠長，只要心中有空隙，就能鑽進去；一旦沒有空隙的

話——就強行開出洞吧。

對於擁有雙重污染的她而言，這可不是什麼太難辦的事。

當初在西山岩蘿鄉，曾在妖狐近衛心上撕出空隙的那個人，也是這麼告訴自己。

現在她知道「唯一」的下一個封印就在潭雅市。

那裡有座奇異的園子叫作繁花地，繁花地裡有個可愛的小山茶花精。

一心一意只想讓已不存在之人再次甦醒的宿鳥，不是愚蠢得可愛嗎？

比想像中還要容易，她成爲宿鳥的朋友，改變姿態，幻化成紫色的蝴蝶，靜靜地待在金色鳥籠裡。

直到她又再度見到維安哥哥他們的出現。

雖然說有些意外，可是符家的小家主正好可以提供豐沛又純粹的力量。

如今所有條件都齊全了，然後她的維安哥哥和那票朋友們將會得知一個更重大的祕密。

啊啊，她已經迫不及待地想告訴他們了……

黑暗裡，符廊香露出無邪的甜蜜笑容，像個極力想要對他人炫耀寶物的天真孩童，巴不得能盡快地——

看見那一張張因爲絕望而扭曲表情、不敢置信的臉孔。

第一章

「哎啊……」

甜蜜的嗓音像糖水似地要浸淹過聽者的心臟，然而對於一刻等人來說，感受到的唯有徹骨的冰冷。

昏黃色的天幕底下，裹著斗篷的紅茶色髮絲少女輕盈地踩立在宿鳥身畔。她的雙足懸空，並沒有真正觸及到地面。

如果不是她露出了討喜的臉蛋，單從那襲猶如夜色的斗篷來看，她的身形就像一抹飄忽不定的鬼魅。

實際上，她也的確是鬼。

符廊香是個受到瘴異，以及「唯一」污染的鬼偶少女。

自從上次在利英高中失去對方的身影後，一刻等人壓根沒想到會在繁花地再次遇到她。

更甚者，她還是煽動宿鳥捉走符芍音的真凶！

一刻繃著臉，看似面無表情，可眼底的凶戾洩露出他現在的心情。他不自覺地捏攢住拳頭，指關節用力得泛出青白色。

假使不這樣做，一刻怕自己就要按捺不住滿腔憤怒，直接衝上前，狠狠地一拳砸向那名天殺的、總是以傷害他朋友爲樂的鬼偶少女。

越是壓抑怒氣，一刻的眼瞳看起來就愈發凶狠。隨著最初的愕然退去，他冷冰冰地厲視著符廊香，同時也幾乎反射性地挪動腳步，讓自己能擋在柯維安身前。

而這微小的動作，頓時讓柯維安冷靜下來。

原先沸騰不已的情緒，像被一股柔和的力道安撫，漸漸平息。

柯維安深吸一口氣，稍稍放鬆緊繃到有些發疼的身子。接著，他注意到蔚可可不知何時也拉近與他的距離，手上抓著碧色長弓，淺綠神紋宛如植物枝蔓攀繞在右手背和中指上，姿態就像是緊緊地守著他的身側。

就連不是很清楚他與符廊香之間糾葛的珊琳，也滿眼擔憂地望著他。

突然，一隻大手落在柯維安頭上，像在安慰小孩般，不甚熟練地拍了拍。柯維安訝然轉頭，看見黑令還是那張缺乏幹勁到面無表情的臉。

如果換作平常，柯維安一定會惱怒地拍開那隻宛如變相炫耀身高的手，可是眼下在驚訝過後，換笑意進駐他的眼裡。

緊接著，一縷縷暖流熨燙入柯維安心房，也溫暖了他的四肢百骸。

柯維安此刻無比鮮明地感受到，自己不是一個人。

娃娃臉男孩忍不住咧開笑容，眸子裡的怨忿消失，取而代之的是平時的明亮光芒。

眞好，自己不是一個人。

柯維安感覺體內被灌注了強大的勇氣。

「小白，沒事的。」柯維安主動上前一步，讓自己完全暴露在符廊香的視線之中。他的嗓音因先前的嘶吼還有些沙啞，但已恢復一刻他們再熟悉不過的開朗輕快。

「我好歹也是男孩子，沒你想像中那麼脆弱。唔，要是你依然覺得我就像純潔小鹿那樣可憐無助的話，就不要猶豫地給我一個公主抱吧，甜心。」

「……幹，我快吐了。」一刻簡潔地表達出內心想法。可是仔細一瞧，就會發現他的眼中閃過剎那笑意。

珊琳敏銳地察覺到氣氛在這瞬間變得截然不同，那種如細針扎刺的感覺不見了。她鬆口氣，但又迅速地抬起頭，沒有錯過關鍵的字眼。

「不行，公主抱是百罌的……」珊琳小小聲，但很堅定地說，「百罌很努力，有在練習怎麼抱，維安大人不能搶。」

相較於一刻的納悶，不懂珊琳怎麼冷不防冒出這句話，柯維安則像是被嗆到般地連咳幾聲。

不會吧？班代眞的有在做對小白公主抱的練習嗎？

想到那名性情高傲的冷艷女孩，因自己的話產生了誤解，柯維安連忙將這話題快速帶過，說什麼也不能讓一刻知道事情始末，否則自己這張帥臉可就要變成豬頭了。

開什麼玩笑，他還要靠這張臉刷小天使們的好感度呢！

雖然說，面前那一個是刷不成了……

望著前方毫不掩飾高漲敵意的宿鳥，柯維安暗暗苦笑一聲，但也沒有因此就減少警戒和防備。

「妳想要讓宿鳥再做出一個鬼偶？」柯維安很快轉移了視線，他的話裡沒有加上任何特定稱呼，但是任誰都知道他針對的是符廊香。

「你覺得呢，維安哥哥？」符廊香掩著唇，像是惡作劇的孩童般笑開來。只是那雙異色眼瞳底處，依舊盤踞著化不開的陰寒與惡毒。

彷若一隻毒蛇嘶嘶地吐著信子，下一秒就會猝不及防地張開獠牙，對著獵物咬下。

符廊香一點也不喜歡柯維安此時的眼神，堅定有力，像是只把她視作一個單純的敵人，而不是怨恨的對象。

那可不行，必須要更怨恨，這樣之後才會更絕望。

「吶，你也還沒猜出我為什麼會出現在這裡，維安哥哥，快猜猜看吧。」符廊香愉悅地拉長尾音，素來清脆的聲音竟帶了點繾綣纏綿的味道，「你猜對的話……！」

符廊香的笑意猝地凝結，烙印在她眼中的是支火焰化成的箭矢。

緋紅的火焰之箭來勢洶洶地直逼過來，那屬於鳴火一族的可怕火焰，讓符廊香不得不立即晃身閃躲開來。

——倘若一沾上，她就可能萬劫不復。

「你這該死的……」符廊香幾乎是略嫌狼狽地落足在另一端。

失去攻擊目標的火焰則在即將撞上紅山茶樹的前一瞬，霍然消隱無蹤。

「妳的話太多了，聲音刺耳。」曲九江鬆開捏緊的手指，銀眸睥睨，「讓我覺得相當不愉快。更不用說妳的存在，本身就是讓人最不愉快的事了。」

曲九江展開毫無溫度的笑容，張揚的火焰纏捲在他半邊臂膀上，赤紅的髮絲末端好似也燃為流動的碎火。

「把妳燒得連骨頭也沒留下，肯定能改變我此刻的心情。」

「哈……」符廊香卻是笑了。她的眼猩紅得像淬上火焰，又像血浪翻騰，「有辦法就試試呀，如果你打算將整座繁花地，包括符家小家主，以及其他被宿鳥帶來的人，一起燒得屍骨不存的話……不如就試試如何？你這卑賤、令我等厭惡的……」

「半妖！」

少女悅耳的呢喃霍地轉爲粗啞的咆哮。

彷彿受到這聲吶喊的催動，前一秒還是石板遍布的廣場地面，瞬間平空浮現出無數深暗線條。

這些線條就像黑色的魚飛速游走，勾勒出一個個詭異的符號與花紋，最後串連起來，赫然是一面佔據整座廣場的巨大圖陣。

所有人就立於圖陣範圍內，而中心點的位置，則躺著一抹人影。

卻不是失去行蹤的符芍音。

那是由木頭雕刻成的人偶。

末藥的瞳孔乍然收縮，他雖不曾見過眼前的陣法，卻一眼就能辨認出那具人偶的材料來自何處。

「那是妳眞身的一部分……」末藥嗓子發乾，清俊的面孔染上一抹蒼白，「妳到底在想什麼？妳爲什麼要如此傷害自己……宿鳥！」

「因爲要讓末藥有新身體呀。」宿鳥歪著頭，彷彿困惑著爲什麼會有人問她這種明顯知道答案的問題。同時她尖銳的敵意也稍減，似乎提到「末藥」，頓使她的心情好轉。

宿鳥突然綻露笑靨，開心地揮舞雙手，身後的朵朵紅山茶像在呼應她高昂的情緒，隨之晃動，遠看更像燃動的鮮豔火焰。

「因爲這裡就屬宿鳥最厲害了！宿鳥的樹木，可以提供末藥最好的身體！」

嘹亮的童聲在空中打了一個旋，還未散逸，下一剎那，宿鳥的身影竟在原地消失。再出現時已然逼近末藥面前，紅銅色的大眼睛眨也不眨地凝望著對方。

「陌生人，你認識宿鳥，那你也可以理解嗎？」那道青稚的聲音說，「你也可以爲宿鳥重要的人去死嗎？」

「什……！」末藥愕然地瞪大眼，腦內被一片空白覆蓋。

就在這瞬間，彎起笑弧的紅衣小女孩迅雷不及掩耳地探出手。該是素白的手指如今被堅韌的樹枝取代，眼看就要破開末藥無防備的胸膛。

說時遲、那時快，數道青綠的藤蔓及時勒纏住宿鳥的十指、身軀。

「不行！不可以！」珊琳雙手緊緊抓住綠藤，隨即那具嬌小身子爆發出不符合她外表的力量，猛地將宿鳥甩扔出去。

有如披著紅嫁衣的小女孩在空中扭轉身勢，衣裙飛揚，輕巧地踩落在地面上。

「妳不能傷害他！宿鳥，妳眞的認不出來嗎？他就是末藥大人，他就是妳的山神大人！」珊琳聲嘶力竭地大叫著，像是希望能喚醒宿鳥，「就算只是思念體，可是妳眞的認不出來嗎？他對妳很重要，不是嗎？」

「最重要、最喜歡了。」宿鳥鄭重地點點頭。

可是，就在所有人以爲宿鳥終於能認出那名綠髮男子之際，她又說，「所以宿鳥才要做這一切，你們也能明白吧？」

「咦……」珊琳剛露出的笑顏凍住。

「你們也爲宿鳥重要的人去死好不好？」那是如此無邪的神態，吐露出的卻是無比殘酷的話語，「這樣一來，宿鳥就能完成蝴蝶教導的法術了。」

優美的話聲甚至才剛溢入空氣中，宿鳥曳地的鮮紅裙襬倏地暴長數倍。傾刻間，柔軟的布料就化成堅硬質地，像是一支支鮮紅長矛，朝著一刻等人飛也似地疾射而去。

「幹，術你老木啊！這根本是在鬼打牆！快退！」一刻鐵青著臉厲吼，腳下速度不敢有所遲疑，偕同同伴們急急退避。

沒想到那大片赤紅驀地又改變了形態，霎時便如無盡延伸的長鞭，鍥而不捨地鎖定多方飛去。

「哎啊……嘻嘻，哈哈哈！」符廊香就像被逗樂般歡快笑起。她忽一扭身，斗篷立即收細，像是一條黑蛇，眨眼來到宿鳥身後。

旋即那束漆黑像花瓣般分綻開來，紅茶髮色的少女靈巧地足尖沾地，身子像是缺乏重量，輕飄飄地半浮立於昏黃之中。

「就是這樣沒錯，妳做得太好了哪，宿鳥。」

冷白如月色的兩條手臂自斗篷內伸出，由後圈住宿鳥頸項。符廊香低下頭顱，雙眼依舊直視著或是閃躲或是反擊的一刻等人。

那雙色澤呈現些許差異的眸子，就如同盛著毒液的沼澤，危險而陰冷。

「妳看，宿鳥。」符廊香好似竊竊私語般在宿鳥耳邊說，「那麼多人都要阻止妳叫醒末藥，他們都是敵人。就把那些討人厭的敵人通通變成養分吧，通通將他們的力量……送給妳最重要的末藥吧！」

在符廊香咯咯的高笑聲中，被她圈住頸項的紅衣小女孩的面容驟然生起詭異變化。

宿鳥的上半張臉抽冒出濃綠的葉、艷紅的花朵，盛綻的紅山茶花和葉片取代了那裡原有的皮膚、血肉，雪白的秀美臉蛋頓時變得妖異駭人。

同一時間，異樣的沙沙聲響像潮水般漫淹過來，但並非樹枝葉片被風吹動的聲音。

從廣場周邊的樹蔭底下，冒出了更多團深暗的影子……

一聽見那陣令人頭皮發麻的不祥音響，一刻抓住釘穿紅鞭後得來的空隙，立即扭過頭，撞入他眼中的景象讓他直接爆出了髒話。

「幹幹幹！又來？」

從樹蔭底下鑽湧出的大量黑影，赫然就是昨夜曾讓一刻他們吃了不少苦頭的枯枝野獸。

外型畸異的生物爭先恐後地朝一刻他們逼近，昏黃的日光將這些生物的外表勾勒得愈發清晰。

枯枝、乾草、腐葉、缺足、斷尾、單翼。

也愈發地令人感到毛骨悚然。

「小白小心！」驚見一條紅鞭趁隙要捲上一刻的腳踝，柯維安一邊以毛筆筆桿擋住撲咬來的多隻野獸，一邊心急如焚地大叫道。

一刻自然也留意到從下方接近的偷襲，但在腹背夾擊的情況下，一時無暇分神顧及。

說時遲、那時快，青碧光束凶悍到來，像桿長槍，猝不及防地一舉斬斷那些欺近一刻身邊的赤色長鞭。

沒有錯放過這個機會，一刻快速將白針捅穿張大嘴的雙角大蛇，另一手旋即將那具被開了洞的粗長身子扯過，將之反當成武器，瞄準另一方的枯枝野獸粗暴地橫掃而過。

眼見末藥及時解除一刻的危機，柯維安剛鬆口氣，那口氣猛地又哽在他的喉嚨裡。

太過專注同伴的安危，反而導致自己一個大意，沒發覺到上方衝來了單翼大鳥。

而且還不只一隻！

當陰影覆蓋在柯維安臉上時，那鋒利的長長鳥喙眼看就要啄入他毫無防備的柔軟眼珠。

「靠靠靠！」柯維安爆出驚叫，身體幾乎本能地往下滑。

但那只是拉開了一點距離，並沒有阻斷飛鳥們的攻擊。

千鈞一髮之際，多道碧影破空飛來。散發微光的碧箭精準地沒入三隻飛鳥體內，強橫的力道一併將它們往後帶。

最後一隻飛鳥則是被翠綠色藤蔓包纏得像個大繭，再重重往下猛力一拉，砸在堅硬的石板上。

「小安！」

「維安大人！」

蔚可可和珊琳馬上向柯維安跑近。

「得救了……哇啊！」柯維安一鬆懈，下蹲的身子驟然失去平衡，一屁股摔往地面。

柯維安反射性閉眼，娃娃臉皺成一團，但左等右等，預期中的疼痛始終未從臀部傳來。

不單如此，屁股好像……也沒眞的碰上地？

柯維安狐疑地先打開一隻眼，發現自己仍維持著屁股懸空的姿勢。他連忙再打開另一隻眼，仰頭往上望。

似狼的淺灰色眼瞳平靜地俯視回去。

原來是黑令拎住了柯維安的衣領，讓後者避免跌得狼狽的命運。

「呃，雖然你覺得朋友間不言謝……不過還是謝了。」柯維安眨巴著大眼，眞誠地說道：「回去後我會多燒香給師父，請她多多保佑你的成績。」

「不用。」黑令淡然拒絕了，「我的成績，本來就夠好。」

柯維安被噎得說不出話，他張張嘴，最後就像惱羞成怒般用食指猛戳著黑令。

「混蛋，天才了不起嗎？你知不知道多少人也想像你這樣輕描淡寫地說出這種話啦！」

「不知道。」黑令說，「你嗎？」

柯維安覺得自己膝蓋中了一箭，令他當場想要跪地。

同樣有這種感覺的，還有往這裡跑來的蔚可可。

「嗚啊……要是哪天我也能說出這種話就好了……」蔚可可哭喪著臉，想到自己每每在及格邊緣掙扎的可憐成績，「人家明明也是天才美少女啊，為什麼會差那麼多……」

珊琳有些慌張地看著受到打擊的柯維安與蔚可可，一時也不知該怎麼安慰他們才好——她負責守護的楊百罌，可從來沒遇上這種困擾。

就在下一剎那，新一波湧上的枯枝野獸頓時讓幾個人凝神，再無多餘心力為那無關緊要的問題煩惱。

不只柯維安他們這一方，一刻與末藥那邊亦被重重敵人包圍住。

紛亂紅鞭和這些由枯枝、乾草、腐花拼湊出的生物，猶如不會感到疲倦，攻勢一波接著一波，如同不知停歇的潮水。

「忘記跟你們說了，維安哥哥。」符廊香鬆開圈圍著宿鳥的雙手，站直身子。她像踩踏著舞蹈般的步伐，輕巧地走在那些錯縱交纏的陣法圖紋上。

凡是符廊香踏過之處，縷縷黑氣飄升，再鑽入中心位置的木頭人偶裡。

「陣法已經開始運作啦。要是不在法術完成前找到可愛的符家小家主，她可是……」

「不然就先毀了這破爛陣法如何？」突如其來的低滑男聲說。

伴隨著最末一個音節溢下，緋紅焰火已銳不可擋地疾竄向那塊有著粗略人形的木頭。

誰也不知道曲九江是何時擺脫了枯枝野獸的圍擊，他的接近悄無聲息，恍如最靈敏的一抹鬼魅。

可是，這名半妖青年的攻擊卻又如此凌厲、不留情，與他的無聲行動成了分外極端的對比。

面對急遽地與自己拉近距離的鳴火火焰，符廊香瞳孔收縮，駭色在她眼底一閃即逝。然而她沒有躲閃，壓下本能的恐懼之後，竟露出了詭譎的微笑。

瞬時——

「不准破壞末藥的新身體！」宿鳥的紅銅色眼眸像燃起狂躁的大火，那張小臉上原有的稚嫩不復存在。

所有赤紅長鞭轉眼撤回，在符廊香與木頭人偶前築成層層屏障。

曲九江的火焰撞上了那片怵目的鮮紅。

「……會死的唷。」符廊香愉快的咯笑聲穿過紅布與紅火，格外鮮明地在廣場上迴盪著，「還有中途破壞陣法，一樣會害死那位小家主呢。你們要害死她嗎？嘻嘻，要嗎？就和維安哥哥、和我一樣，一起當個殺人者吧。啊，宿鳥也是……宿鳥很快就會是了哪。」

高高低低的笑聲滲出，像是多人在笑、在呢喃、在訴說。

在勢均力敵的對峙下，曲九江的火焰無法即刻突破宿鳥的防禦，但也能見到那片鮮紅上逐漸暈散出的焦黑痕跡。

只是曲九江卻在轉瞬間猛地收手，火焰乍退，他像是惱怒般地彈了下舌。

因爲他明白，就算眞的突破了層層屏障，也沒辦法繼續破壞陣法。

他不在意他人的死活，但不代表他的神不在意。

鮮紅色布料跟著塌落，露出佇立廣場中央的斗篷身影。

符廊香得意的笑意還來不及完全躍於臉上，就見到曲九江收回的火焰不但沒有消逝，反而分散出無數碎焰，灑向剩餘的枯枝生物。

火勢眨眼間茁壯起來。

尚未被紅火吞噬的敵人，下一秒就讓一刻等人一口氣掃除殆盡。

白針扎刺到底；碧箭連珠釘住了掙扎；銀紫色旋刃從頭到腳地斬成兩半；金艷筆尖如流水一筆劃過，使得未燃的部分也滋滋作響，助長火焰的勢力。

而個頭嬌小的山精，就像守護般佇立在綠髮男子身側。

末藥手中的青色長矛瓦解成難以計數的光點。

光點交匯成光流。

「宿鳥不是，她也永遠不會是。」末藥一字一字地說，「我不知道妳究竟是何物，爲何會混雜著不同妖怪的妖氣。但我知道，妳對宿鳥動了手腳。我認識的宿鳥，從來就不是視他人生命如草芥之人。現在，告訴我。」

末藥溫和的聲音霎時透出嚇人的森冷。

「妳究竟對宿鳥做了什麼！」

光流瞬如碧綠蛟龍，迅雷不及掩耳地呼嘯衝出，前端甚至還裂出大口，乍看下有若凶猛活物，勢如破竹地穿透猛然再揚起的鮮紅裙襬。

只要是沾到碧光的布料，頓時像是雪片遇熱般消融。最後光流筆直地撞上了符廊香的軀體，一個巨大的窟窿隨即產生。

紅茶髮色少女瞠大眼，臉上還凝固著驚愕的表情，似乎尚未反應過來自己身上發生了什麼事。

符廊香的胸腹部分完全消失，變得空蕩蕩，模樣煞是可怖，看起來竟與那一夜遭到重創的安萬里身影有幾分疊合起來。

柯維安不自覺地屏住呼吸。

目睹符廊香似乎在下一刻就會消散，他的腦海中反而只有一片空白，思考像是在這個時間點徹底停擺。

但誰也沒想到，就在下一剎那，異變——陡生！

「被騙了……」

細細的笑聲先是從符廊香唇中流淌出來，接著拔成肖似野獸嚎叫的高亢大笑。

「被騙了、被騙了、被騙了！根本就沒有——打中啊！嘻嘻嘻，哈哈哈哈！維安哥哥，白高興一場的滋味怎麼樣？你都沒死，人家又怎麼捨得丟下你……一個人去死呢？」

以爲被深碧光流洞穿的窟窿倏地飄散出縷縷黑氣，黑氣重新聚集，塡補那駭人的大洞。

緊接著，就像是故意要讓眾人看個明白，那抹纖細身子中間，驀地又隨著黑氣的分散塌垮出洞口。

原來末藥的光流只不過是從符廊香自行弄出的洞口裡貫穿出去，壓根未眞正帶來重創。

這一次，不只是符廊香的胸腹化爲黑氣，就連其餘部位也迅速潰散成漆黑的氣體。

無數黑氣彼此交繞，越縮越細、越縮越細……頓時如同一條黑線，飛射至宿鳥心口前。

隨後靜止。

一刻他們誰也不知道符廊香的意圖是什麼。

無論是一刻、柯維安、蔚可可，包括曲九江在內，這幾名年輕的神使們都沒有在宿鳥的身上瞧見欲線生長。

既然如此，符廊香到底想要做什麼？

在一觸即發的死寂中，符廊香清脆歡快的嗓音流洩。

她說：「我對宿鳥做了什麼？哎啊……只不過是像當初對那株小紫藤做的一樣呀。」

小紫藤？水瀾！

曾經歷過那次事件的一刻、柯維安不由得一震。他們想起那名楚楚可憐的紫藤少女，就是被情絲抹去了記憶，才會性情大變，將符家視作敵人。

而當他們想到了情絲的能力，更是覺得瞬間有盆冷水澆淋下來。

情絲一族能夠抹去記憶、抹去感情……

符廊香的身上，就有著情絲一族的力量！

如果宿鳥就如末藥口中所說，不會草菅人命，那麼她如今的作爲，就只有一個可能。

柯維安倒抽了一口冷氣，不敢相信地喊道：「妳把宿鳥……符廊香，妳把宿鳥的感情抹掉了？」

「仁慈、手下留情、尊重生命，這些無聊又乏味的東西，我全部都抹掉了呢。現在的宿鳥變得很有趣不是嗎？」符廊香發出猶如孩童般天眞無邪的笑聲，「維安哥哥，告訴你們一件更有趣的事，雖然還不是最有趣的，那個當然要放到壓軸說啦。哎哎，你們知道嗎？」

符廊香忽然放低音量，像是說著悄悄話。

「欲線不夠長的話，要怎麼辦？鑽心的空隙就好了。那沒有欲線的話，要怎麼辦？」

輕柔的女聲霍然轉爲犬吠似的粗嘎大笑。

「像對西山的紅狐近衛做的一樣——讓人直接長出欲線就好了啊！」

恐怖的寒意猛地由一刻等人的腳底衝上腦門，烙印在他們視網膜上的，是他們作夢也沒想過的駭人景象。

不見任何外力的驅使下，紅衣小女孩原先空無一物的心口前，竟鑽出了黝黑的線頭。

像是凝聚著一切黑暗的細線，在冒出前端後，失控地往下急速暴長。

那是欲線。

那是將能引來瘴／瘴異的欲望之線。

「該死！」大腦做出任何思考前，一刻已反射性衝了出去。

但縱使一刻速度再快，也仍然阻止不了接下來發生的事情。

懸停在宿鳥身前的黑色細線，往前鑽進去了。

不到一眨眼，那條黑線已全然湮沒在宿鳥嬌小的身體內。垂置在她胸前的欲線，也像細沙般撲簌粉碎。

宿鳥的紅銅色眼眸眨也不眨，木然的小臉還依稀透露出幾分天眞的困惑，像是不能理解發生了什麼事，又好像什麼異樣也不曾發生過。

「宿鳥……」末藥不由自主地往前靠近，可是還沒邁出幾步，就被人猛力抓住。

柯維安緊扣住末藥的手臂，不讓他再上前一步。那張娃娃臉甚至發白地帶了點驚惶。

不單是柯維安，蔚可可和珊琳的神情更爲明顯。

兩名女孩就像萬分警戒著什麼。

所以……是什麼？末藥茫然地回望乍看下無絲毫異狀的宿鳥，接著他聽見前方的白髮男孩以像怕驚動某種存在的語氣說：

「後退……」

什麼？

「後退！」一刻驟然暴吼。

與此同時，宿鳥的臉孔猶然天眞，然而她紅銅色的雙眸裡，金屬似的光澤霎時被另一股不祥的血紅吞沒，成爲一雙夾雜著渾濁、猩紅似血的眼睛。

那是瘴異的眼睛。

符廊香入侵宿鳥了。

宛如披裹紅嫁衣的小女孩仰起頭。

「啊——」

奇異的嘯聲霍然從那具嬌小身子迸發出來，像是要撼動著整座繁花地。同一時間，古怪的變化也迅速發生在她身上。

一道道醜陋黑紋從雪白皮膚下鑽湧出來，就像血管突暴，把那份秀美的姿態破壞殆盡，臉上的花葉則像沾染上毒素。

葉片枯萎，紅花立時滲染成不祥的黑色。

就連後方那棵巨大山茶樹綻滿枝葉的紅山茶，也以超乎想像的速度，從灼紅變成了像是爛泥的黑。

不再飽滿的花瓣，像是下一秒隨時會腐爛凋零。

「美好的身體、美好的力量，雖然還是差強人意了一點……」

宿鳥吃吃地笑出聲，可是從那紅潤嘴唇吐出的，卻是屬於符廊香的聲音。

「即使欲線只有那點長度也沒關係，那也是欲望。嘻嘻，呵呵……欲望、欲望、欲望，瘴啊……會把所有的欲望吃得一點也不剩！不管是人、神或妖！」

黑氣自宿鳥身上的黑紋漫淹出來，只不過一晃眼，深黑的氣流漩渦將她重重地包圍住，遮掩住她的身影。

然後，一股無形的力量像是壓縮到極致。

不待一刻等人疾速退離至安全區域，伴隨著又一聲尖厲得令人分不清男女、分不清是人或是獸的咆吼，那股力量猛地彈震爆發，快速地衝撞上那一道道人影。

來不及防護的一刻等人，被這措手不及的衝擊力震飛出數公尺之遠。

「小白大人！」珊琳只來得及喊出這名字，她下意識想召喚出更多植物，但手才奮力探出，沒有給予任何回饋的大地令她心頭一驚，驀然想起自己無法向這裡借助一絲力量。

濃烈的焦急淹沒了珊琳的心臟。

眼見眾人即將摔撞在廣場外圈並立的樹木上，柔和的碧光乍地閃耀。

下一瞬間，平空竄長的植物像張柔韌大網，攔截住所有人的身軀，不讓他們重重地撞上樹幹。

末藥的五指抓握住青色長矛，他微喘著氣，額角隱約見得汗珠滲冒。

繁花地的植物早不受他控制，他等於是利用自身的力量，無中生有地變化出更多綠意。

可是這樣一來，也越是消磨他這名思念體的體力和精神力。

他終會消失。

但是，不能是現在。

「一刻，你們還好嗎？」末藥關心地問道，視線沒有離開那團體積已漲大數倍的黑闃氣流。

宿鳥就在那裡面……她將會變得怎樣？

「符廊香入侵了宿鳥……那不再是宿鳥，而是瘴異……不，或許還更糟……」柯維安狼狽地爬起，喘著氣說。接觸到末藥遞來的眼神，他擠出一道乾巴巴的笑，「符廊香是瘴靈融合，她的本體是惡靈，然後跟瘴異融合……」

「我知道瘴，也聽過瘴異。」末藥輕聲地說，「可是，不對。」

「咦？」

「那名瘴異，還有其他妖怪的氣息。」

「其他妖怪……情絲，是情絲吧？符廊香說她吃了情絲一族之人的骨灰……」

「不，在我感覺起來，她的身上融合著不同的妖氣……」末藥眉頭蹙起，可是很快又搖搖頭，「也可能是我的錯覺，這些之後再說吧。」

沒有人對此有異議，因爲眾人隨即感覺到腳下站著的地面正產生晃震。

起初並不明顯，但隨後擺晃的幅度加劇。

廣場在晃動，整個繁花地都在晃動。

「什、什麼？地震嗎？」蔚可可嚇了一跳，險些站不穩。她忙不迭抓住身旁一刻的手臂，緊張地東張西望。

「恐怕不是。」即使在搖晃中，末藥也似乎全然不受影響，有如屹立不搖的山峰，「很可能是受到那名瘴異……」

這名綠髮男子忽地止住話，眼含訝異地看向一刻。

在這當下，一刻的右手被蔚可可抓著，左手被柯維安抱著。柯維安的另一手還不忘牽住珊琳，像是怕她一塊跌倒。

珊琳則是拽住曲九江的衣角，清秀的小臉寫滿堅毅，如同在表明自己會保護好眾人的堅定決心。

只是這畫面，看上去不免有幾分滑稽。

「呃……一刻，你還好嗎？」末藥遲疑地問道。

「X的一點都不好。」一刻面無表情、咬牙切齒地說，「夠了，你們幾個，是把老子當什麼啊？還不放開！」

一刻粗魯地扯回自己的手，卻沒料到將要靜下的大地冷不防又是一記強力顛簸，頓時讓柯維安失去平衡，想也不想地大力再拉住一刻。

於是連鎖反應下，一票年輕神使們終究還是跌得七葷八素。

末藥咳了咳，別開目光，體貼地沒有任何嘲笑。

「好痛痛痛！」

「我的屁股啊……」

柯維安和蔚可可哀叫得最慘烈。

「這樣叫，樹倒，猢猻散？」黑令慢吞吞地橫插進這句。

柯維安一口氣險些岔住，「倒……倒你的頭啦！最好這成語是這樣用的！你當我沒唸過中文系嗎？」

「我知道，你唸中文系。」

「你……」

「我操！誰管是你還是我的，給老子全滾下去！別壓在我身上說話！」被迫充當人肉墊子的一刻忍無可忍地爆發了。

他的上方不只有柯維安，還有蔚可可和曲九江的手或腳沒抽走。

這些重量疊加在一起，也足夠令一刻感到有些呼吸困難。

珊琳連忙蹲下身，幫忙拉起蔚可可。

末藥也像沒瞧見幾名小輩的窘狀，和善地伸出援手。

黑令沒有動，他彷若在傾聽什麼，淺灰的眼瞳像荒原上的孤狼般專注。

接著他說：「來了。」

什麼東西來了？

眾人聞言瞬凜，可在他們的注意力放至前方未散的黑色氣團時，動靜卻是毫無預警地從地面傳來。

只是這回不再是單純的晃震，而是有什麼霍地自地底破土而出。

數以千計的樹根像錯縱的大網，猝不及防地將所有人翻掀起。

隨之而來的是外圈林木伸來了眾多樹枝，趁其不備地纏縛住一刻等人的四肢，快速將他們往後拖拽，然後粗暴地向廣場外側扔擲出去。

在這之中，異變的不只是廣場。

整座偌大的繁花地都迅速地產生異常變化。

樹木、花叢失去控制，無止盡地朝上瘋長，四處蔓延，曾存在的秩序和節制蕩然無存。

深黝的泥土地和石板塊也疾風迅雷般地拔高，彼此交錯再交錯，建構出繁複的道路。

假使能夠自最頂端往下俯望，就會震驚地發現，本來只像座小型森林的繁花地，現在竟成了一座複雜蜿蜒的巨大迷宮。

泥土和石板成為阻隔的障壁，失控暴長的植物無疑增加辨認方向的難度。

一刻等人被樹枝強行扯散，從各方拋入迷宮深處。

就在他們即將墜進無止盡的濃綠裡，屬於少女與凶獸並存的聲音瞬間拔起，響徹周遭。

那聲音在嘶喊，在咆哮。

「最後一個問題！」

「回答我，維安哥哥！」

「否則符家小家主現在就得死！」

「回答——我是為了什麼出現在這裡？在這裡，在繁花地，在潭雅市！」

柯維安瞠大的眼眸倒映進曝光似的昏黃天空，底下是築成漩渦的深綠、淺碧。那些植物彷彿張大口的野獸，等待著將他與其他人，不留情地一口吞噬進去。

柯維安不知道自己是不是拚命擠出了聲音，從高處疾墜的失重感模糊了他的感官。他感覺得到胸腔振動，有兩個字奮力爬出他的喉嚨。

「封印……」

然後是更多的音節。

「『唯一』的封印！」

柯維安用盡力氣大吼，他的喊聲似乎還盤旋在高空，而他的身影終被綠色吞沒，與其他人一樣。

所有人都落入了此刻這座名爲「繁花地」的迷宮裡。

廣場上恢復寂靜，連絲人聲也沒有留下。

破出地面的樹根不知何時潛伏回土地裡，石板併合，一切異狀像是不曾出現過。

但山茶樹間的朵朵茶花確實從鮮紅變成了漆黑，介於盛綻和腐爛的姿態，可怖又妖異。

同時，亦瀰漫著一股濃濃的不祥氛圍。

當一陣風吹動如碗大的黑山茶，樹前的黑色氣團也刹那間離散。然而自裡頭走出的不再是嬌小身影，赫然是屬於少女的體型。

艷紅如嫁衣的曳地衣裙在地面鋪展成不規則波紋，同色系的頭紗垂至背後，華美的金紋滾飾在邊緣，沒有被遮覆住的臉孔完全暴露出來。

一眼似血猩紅，一眼紅中摻著幽藍，形成詭譎的渾濁。

白皙的臉龐上分布著淡色雀斑，嘴角噙著的笑意份外天眞爛漫，和眼裡的惡意成了極端對比。

那已不是宿鳥的臉。

重新獲得身軀的鬼偶少女張握著自己的手指，接著咯咯笑起。

「新的身體不夠好，但仍可先將就一下……就快了、快了，爲了我等的『唯一』呀……」

符廊香竊笑般地低語，目光瞥望向陣法中央的木頭人偶，眸底一瞬間似乎閃過異樣的光芒。

「現在還不行，再忍耐一下……」符廊香像是自言自語地說，「計畫還沒有完成，最後的驚喜還沒帶給維安哥哥……不過在這之前，可以先殺了維安哥哥重要的朋友。啊，還有末藥也不能忘記呢。」

似乎感應到什麼，符廊香撫上心口，開心地笑出聲來。

「可愛又可憐的小山茶花，妳對『末藥』兩字還有反應嗎？可惜，現在這身體是我的啦。放心好了，會還給妳的，畢竟我也好想看妳殺了親愛之人後，扭曲絕望的臉呢。對了，妳還得和我一起觀賞接下來即將上演的一幕，那將會非常美妙呢！」

符廊香笑聲拔高，她笑得樂不可支，染著狂熱的眼眸直視上方。

該是空無一物的昏黃天色下，竟然無聲息地平空暈散出桃紅色澤的詭異線條。有如生刺的荊棘，一點一滴地相互銜接起來，像是要把這個被昏黃隔離出來的空間全部圈佔住。

「好了，在封印完全顯露出來前，捉迷藏的時間到了哪……」符廊香拉長清脆的嗓音，就像在吟唱著歌，「哎啊，眞讓人期待……一二三，木頭人，一二三，木頭人。撿了木頭，塞了魂，三二一，就成人……」

怪誕的曲調中，符廊香的身影如同赤紅的鳥兒，輕巧地飛躍進由植物、泥土、石板構成的巨大迷宮內。

只是那紅不再像是鮮明流動的火焰，而是黏稠猩暗的污血。

同時，只要深上一分就像飽含著鮮血的桃紅荊棘，依舊在空中靜靜地延展、勾勒……逐漸成形。

第二章

當桃紅色荊棘狀煙氣猛地撞入意識，身處宮家的范相思幾乎是不敢置信地彈跳起來。總是掛著從容神態的清秀臉蛋上，這時被偌大的震驚佔領。

范相思瞪大了貓兒眼，胸脯因爲急促的呼吸而劇烈起伏。

從劍影碎片那傳遞過來的影像和說話聲，令她覺得心臟位置猶如被一隻冰涼的手霍地抓握住，讓她接下來的一口氣緊緊憋在胸口，好半晌才終於大力吐出。

居然在那裡，竟然在那裡……

遍尋不著的「唯一」其中一個封印，原來就在潭雅市的繁花地！

「這可眞是好樣的啊……」范相思一字一字地擠出話，臉上的震驚表情很快又轉爲凶猛的笑容。

那雙像貓似的漂亮大眼睛，閃動著彷彿野獸盯上獵物的銳利光芒。

不顧自己突然起身弄翻了圍在周邊的補給糧食，范相思拖著纏繞大截繃帶的一條腿，在窗簾隔絕日光的客廳裡蹦跳著，來到大量光屏的中心處。

毫無猶豫，范相思扯過一面光屏，衝著螢幕裡頭的一隻漆黑烏鴉喊道：

「去把我的命令傳下去！全體收隊！」

「嘎！遵命！」

一聲高亢鳥鳴瞬響，隨即就見環立客廳裡的光屏紛紛出現新動靜。

一隻隻烏鴉宛如彼此間互傳訊息，嘎嘎聲此起彼落，黑翅振顫，難以計數的黑色身影像是烏雲般從各個角落飛起。

樹梢、屋頂、大樓、路燈……烏鴉們突如其來的行動，可說在潭雅市各地引發不小的騷動。

范相思想像得到，估計晚間就會出現「潭雅市忽現大量烏鴉」之類的新聞了。但她對此毫不在意，畢竟相較於這種微不足道的小事，還有更重要的事等著她立即執行。

爲免那些如潮水般淹來的鳥鳴聲蓋過她接下來的話語，短髮劍靈雙手往外一推，全部光屏就像柔軟的布料，分向兩側層疊收起，最後只佔小小的一角，還給客廳原先寬敞的空間。

沒了光屏的光芒，客廳內頓顯得愈發陰暗。

而這也不影響范相思的視覺，況且這對她正要做的事，也不會有半點影響。

范相思抽出自己的平板，快速點按螢幕幾下，多面新螢幕瞬間跳出，投映在客廳中。

「范相思？」

「怎麼了嗎？」

「范相思，妳在搞什麼鬼？爲什麼我之前打的電話都沒接！」

乍見短髮劍靈露面，光屏裡的幾人莫不是露出了訝異的神色，有的則暴跳如雷地先砸來一頓質問。

光屏內赫然出現的不是別人，是神使公會的會長、副會長，還有特援部部長。

胡十炎和安萬里的背景，一看就知道是待在各自的私人空間；灰幻則是身處辦公室，後方還能瞧見一票像是專心埋頭工作、實則拉長耳朵，不時還探頭探腦偷瞄幾眼過來的下屬。

「我可是有回傳我在忙的訊息。灰幻，電話打得太頻繁，會不受其他女孩子喜歡的唷。」

「那關我屁事，反正我對其他雌性又沒興趣！」灰幻抱著胸，仍然青稚的臉孔板著，周身卻像是躍動著多簇彰顯不爽的火花，「二十比一，妳不認爲這對比也太懸殊了一點嗎？」

「哎呀，是男人就不要在意這種小事了。」范相思拉出一抹微笑，笑裡可見一瞬間閃過的由衷放鬆。

但這兩名部長級人物間的對話，卻令特援部辦公室的眾妖將耳朵拉得更長了。

就連胡十炎和安萬里也流露出微妙的表情。

假使他們沒猜錯……所謂的二十比一，該不會是指灰幻／部長，連打了二十通電話吧？

「我的媽呀！這是奪命連環叩嗎？二十通電話聽起來根本跟騷擾狂差不多，不，已經是同義詞了吧！」

辦公室裡，不知是誰一時失聲地脫口喊道，換來周遭同事齊齊倒抽一口冷氣，看向那人的眼神也帶著驚恐。

他居然就這樣說出來了……

就算部長像個騷擾狂，就算部長到現在還追不到相思大人……也絕對不能說出來的啊！

灰幻自然沒有漏聽後方不小心暴露出來的真心話。他眉毛一挑，鑲著一圈奇異虹膜的灰瞳凌厲地往後一掃。

下一秒，一疊公文快狠準地朝聲音來源處摔砸過去。

「吵什麼吵！有空動嘴巴，不會多動手跟腦子嗎？把昨天交的報告重寫一次，蠢貨！交那什麼東西？比三歲小鬼還不如！你的自尊心被狗啃了嗎？啊？」

面對狂風暴雨般的怒斥，特援部專屬的辦公室頓時靜得連根針掉落也聽得分明。一群下屬大氣也不敢吭一聲，一顆顆本來還因八卦心昂得高高的腦袋，也火速縮回去。

但隨後，那些仍極力按捺住的八卦火苗，立刻因范相思說出的三個字，瞬間有如被盆冰水澆得徹底覆滅，還令人感到一陣透心涼。

范相思說：「找到了。」

找到了？什麼東西找到了？

凡是聽見范相思話語的，沒有任何人提出疑問。

安萬里慣有的溫和乍消；灰幻驀地扭過頭；胡十炎拉開獰笑，金眸熠亮似火。

留守在特援部辦公室的眾妖們，更是紛紛瞠大了眼睛。

只要是神使公會的一分子，不會不知道近來公會全力搜索的目標是什麼。

「唯一」的封印之一。

傳說中被稱爲大妖怪的災禍……「唯一」，蒼淚的其中一個封印，就藏於潭雅市裡。

如果說特援部辦公室方才因灰幻的怒氣而鴉雀無聲，現在則像是被一股無形壓力壓成一片死寂。

「我長話短說。」范相思聲音鋒利地切開了那片寂靜。她的語速極快，但又能確保每個人都清楚聽見。

「封印就在黑家的繁花地。那個鬼偶，符廊香也出現在那。有東西阻隔在那地區，我沒辦法和宮一刻他們進行通訊，不過掌握現場動靜還是做得到的。簡單來說，我處於單方面接收另一方資訊的狀態。我現在只有一個問題。」

范相思深吸一口氣，一字一字地問：

「我們，該怎麼辦？」

那是極為罕見的示弱。

挑染著橘色劉海的短髮劍靈向來氣定神閒，臉上大多時候是掛著狡猾的微笑，彷彿沒有什麼問題能夠讓她苦惱太久。

可如今，她的神態卻有著一絲躊躇，像是不知該拿眼下狀況怎麼處理才好。

范相思的確不知道，她的內心甚至籠罩著一層茫然。

潭雅市的封印找到了，那很好。

符廊香雖然難纏，但范相思相信一刻他們也應付得來。

可是，封印要怎麼辦？

假使，假使「唯一」的封印真的鬆動，只有一個人有能力解決……而那個人，此刻卻在繁星市的神使公會裡養傷。

「小白他們會需要守鑰的，需要我的力量……」

「但你是傷患，安萬里。」灰幻一針見血地說，「我猜不用我們提醒，你還記得你的半邊身體都沒長好嗎？更別提現在要怎麼趕過去？等你人到時，事情估計都結束得差不多了，你去是能幹嘛？」

「我明白你的意思，灰幻，但就算是這樣……」安萬里的據理力爭還未說完，就被另一道聲音不客氣地截斷。

「都給本大爺打住！現在是我說話！」胡十炎強勢霸道地喝道，童稚的聲音全然沒有減損蘊含在裡頭的氣勢，「安萬里不准去！」

「十炎！」

「閉嘴，就說現在是大爺我講話！」胡十炎跳下椅子，讓傳遞影像的光屏跟著他一塊移動。他迅速跑至走廊上，嘴上也沒有消停，接二連三就是下達一連串指示。

「安萬里，我現在過去你那。在這之前，把你守鑰的力量儲備好。想想當初你向我借狐火去對付六狼蛛的時候，老妖怪。」

瞬間，眾人莫不恍然大悟。

范相思眼裡也驀地亮起光芒，笑意重新浮於她的唇畔。

她怎麼會一時忘了還有這招？既然安萬里不便前往，那就讓其他人選帶著他壓縮起來的力量趕去。

至於時間和空間的問題……

「里梨，打開妳設在潭雅市，靠近黑家繁花地的那個空間點！」在這當下，胡十炎已俐落地從走廊外牆一躍而下，直接來到安萬里房間所在的那一層樓，「五分鐘內完成的話，就送妳一疊堯天的照片！」

「里梨遵命！」嬌軟的小女孩嗓音平空響起，難掩其中的興奮，「里梨我一定會馬上辦到！」

「然後把通道入口接在安萬里房間裡，到時就隨便妳把他房裡的空間改成什麼樣了！」

「沒有問題！」

「等等，十炎……」安萬里的苦笑一下就被其餘聲響蓋過。

「特援部的，這三天內沒出過任務、而且速度快的傢伙，都跟我過去！體力不足的，則給我老老實實地把工作做完！」在灰幻嚴厲的一聲令下，特援部辦公室裡的十幾人立刻齊刷刷地站起，隨著他奔出辦公室外。

范相思鬆口氣地坐回沙發上，看著同伴各自飛快地展開行動，她的視線最末再度轉向安萬里。

「哎呀，你的房間待會就要變得超熱鬧了哪。」范相思笑咪咪地說，語帶揶揄。

「應該是密度大爆炸才對吧……」安萬里傷腦筋地嘆氣。或許是找到解決問題方法的緣故，他的臉部線條也和緩下來，眸底又盤踞著一如往常的溫和笑意，「唔，希望里梨別把我的房間改得太驚人，更別忘了再改回來。」

「放心、放心，她要是忘了改，本姑娘很樂意幫你的，只要給足夠多的這個就行囉。」范相思笑得親切，食指和拇指圈成個眾人皆知含意的圓，貓兒眼還不忘表達善意地眨了眨。

「不，那我還是敬謝不敏了。」安萬里也回予一抹和善但立場堅定的微笑，「畢竟我不想欠錢欠到脫褲呢，那就太沒形象了，對吧？」

安萬里和范相思一來一往說話期間，他的居所也無聲無息地快速發生變化。

黑影像液體般從天花板的縫隙滲溢出來，沿著一堵牆壁淌下，一晃眼就將它全吞成深暗。緊接著，那處黑暗如同可以隨意揉捏的黏土，轉瞬間延伸出一個偌大凹深的空間。

隨著黑色一口氣剝離，盡頭處凝聚出像是一面巨大圓鏡的存在，安萬里的雙掌間也出現一顆銀藍色的絢麗光球。

光球裡，壓縮的守鑰力量正不住流轉著，投映出明滅光芒。

下一剎那，一抹亮眼的粉紅身影無預警從高處翻落下來，足尖一沾地又迅速直起身體。

「報告老大！里梨我完成了！」紫晶色的大眼睛，柔軟如棉花糖的粉紅頭髮，身爲「吞渦」一族的胡里梨擺出敬禮姿勢，精力充沛地大喊道。

「很——好！」

就在這聲霸氣的回應同時傳入范相思與安萬里、胡里梨耳內的同一時間，安萬里的房門猛地被人凶暴撞開，彈上後方牆壁，發出悲鳴般的聲響。

砰然聲似乎還在迴盪，門板自上半部的合頁脫落，歪歪斜斜地傾靠著牆。

胡十炎挾帶一身強盛氣勢走進。

安萬里還能瞧見那疾速收回的一條狐狸尾巴影子，想必那扇可憐的門板就是被胡十炎一尾巴抽開的。

見胡十炎也來到安萬里的房間，范相思手一劃，關閉了一面光屏。

「老大，灰幻他們那邊也要到了。人不少，建議先退離門邊比較好喔。」范相思的通知方落下，另一隊人馬果然也匆匆來到。

灰幻比了個手勢，要部下先待到一邊。

十幾名特援部成員訓練有素地打直腰桿，在旁靜靜候命。

「老大，要把所有人都傳送過去嗎？」胡里梨看看左邊，又看看右邊，可愛的小臉蛋滿是好奇。

這種臨時被胡十炎要求打開空間通道的任務不是沒碰過，但這回似乎與平常不太一樣，公會裡幹部級以上的人物都聚在一起了。

「不是，我跟安萬里不用。就特援部的，再加上灰幻吧，我知道你也想到潭雅。」胡十炎瞥了灰幻一眼，在對方意圖開口前舉起手，「不用謝了，回來後繼續做牛做馬就行了。」

「還是謝了，老大，等結婚時會請你當主婚人的。」灰幻無比認真地說，絲毫不覺「做牛做馬」會有多麼辛苦——他本來就是一個工作狂。

眾多目光幾乎反射性地瞄向光屏裡的短髮劍靈，後者仍是一副笑吟吟的表情，彷彿渾然不覺自己就是灰幻預定婚禮中的另一位主角。

眼見范相思的態度依舊捉摸不透，其他人只好把想八卦的心思緊緊壓按住。

「可是老大，」胡里梨倒是不在意灰幻和范相思之間究竟有沒有進展，反正張亞紫早就告訴過她了，范相思只對感興趣的人縱容與退讓，否則也不會任由灰幻以像是騷擾的方式展開追求。「里梨我當初設的空間點，離繁花地還是有段距離喔。」

「沒關係，這已經比從繁星趕到潭雅快上許多了。」胡十炎小手一揮，「里梨，妳的任務就是把灰幻他們全送過去。」

「還有這個。」安萬里開口道。他攤開掌心，上頭是一顆銀藍色澤的光球，隱約還能見到表面有閃電似的紋路游走。

安萬里離開床鋪，沒有棉被和陰影的遮掩，可以清楚見到他的半側身體還有部分空蕩蕩的，也有一部分纏繞著朦朧的灰暗氣體。

引路人那天留給安萬里的重創，至今尚未完全回復。

「灰幻，這就拜託你了，只要將它扔向封印就可以。」安萬里鄭重地將光球遞交給外貌年少的特援部部長。

灰幻點點頭，鑲有一圈蒼白虹膜的奇異眼睛瞥向胡里梨，像是不耐地催問能不能盡快開始行動。

「大家排好隊，一個個進去就可以啦。」胡里梨高舉雙手，信心十足地指揮，「里梨我可是香滆，香滆做出的空間通道，當然有辦法能讓那麼多人都……後退！」

胡里梨甜軟的聲音猛地尖銳拉高，小臉也染上幾分緊張。

沒有去管眾人錯愕的眼神，胡里梨忙不迭地衝至自己製造出來的鏡形黑影旁，發現周圍輪廓竟然出現預期之外的波動。

「里梨，怎麼回事？發生什麼問題了嗎？」范相思忍不住站起，剛放下的心又被提起。

「里梨我不確定，有東西和我的空間通道發生衝突……」胡里梨眉眼裡的自信轉成喪氣，「通道突然有一瞬間的不穩定……可是很奇怪啊，灰幻大人他們也不是第一次走了，爲什麼會……」

胡里梨的喃喃自語越變越小，最後那雙紫晶色大眼睛不由自主地盯住灰幻手上的光球。所有人的視線跟著落在守鑰實體化的力量上。

「不會吧？」胡十炎惱怒地咂舌，「別跟本大爺說，結果是你的力量和里梨的通道起衝突。安萬里，香渦和守鑰不合你是不會早點說嗎？」

「你這說法也太容易讓人誤會了，十炎。」安萬里苦笑地嘆息，「不清楚的人，恐怕會以爲我們兩族有嫌隙。我以前也用過里梨開出的通道，當時確實沒什麼問題。」

像要證明自己所言不假，安萬里朝黑黝的巨大入口一步步靠近。直到他在正前方站定，胡里梨都沒有再發出慌張的喊聲。

相反地，粉紅髮色的小女孩愈發不解。

「灰幻，再往前走幾步。」胡十炎下達命令。

然而灰幻剛邁出步伐，頓時就聽見胡里梨焦急地大叫。

「不行！灰幻大人快停下！」

灰幻硬生生煞住。這次連他也注意到了，空間通道入口的光滑邊緣，此刻竟湧現強烈震動波紋，他的眉頭不禁擰出一道深深的結。

在後方的特援部成員可能一時還想不明白，但包括灰幻在內，胡十炎他們幾人已看出問題在哪裡。

「是守鑰的力量沒錯……我沒想到釋放出來的純粹力量源，會對里梨的空間通道造成影響。」安萬里蹙眉，似乎也對這局面感到棘手，「里梨，如果強行通過，會引發什麼後果嗎？」

「里梨我不會有什麼事，可是這條通道，可能剛送完副會長的力量過去後……」胡里梨遲疑一會兒，還是將自己的猜測如實吐出，「就會崩塌了。」

「換句話說，就是僅限一人通過，機會只有一次，其他傢伙全都派不上用場了。」灰幻面無表情地攢緊手中的光球，「既然如此，我去。」

「不行。」有人同時和灰幻一起開口。

灰幻幾乎不敢置信地瞪向發聲的那個人。

「范相思，妳在搞什麼鬼？爲什麼我不能去！」

「因爲你又不是以速度見長的妖怪。套句你自己說的，等你趕過去，那邊估計什麼都結束了。」對灰幻淩厲得似乎要淬出火焰的視線視若無睹，范相思冷靜地提出分析，「要找個能在最短時間內趕到繁花地的傢伙才行。」

「顯然妳心裡已有人選了。」胡十炎以肯定的語氣說，「很巧的是，我大概也知道對方是誰。速度快、動作靈巧，和妳還非常親近……收起你那要噴出火的眼神，灰幻，本大爺有說那是人嗎？」

「哎，不愧是老大，都被你說對了。幸好我沒讓牠跟過來，現在該是牠派上用場、鞠躬盡瘁的時候了。」范相思咧開笑容，和清秀外表不符合的悍然氣勢霎時釋放而出。

「八金——」

就連一向清脆的嗓音也像支強而有力的箭矢，貫穿了光屏，直達公會內部。

說時遲、那時快，有道高尖大叫伴隨著一團黑影，飛也似地衝入安萬里的房間。

「嘎！本大爺聽見呼喚了！只要主人需要我，我一定使命必——嘎伊啊！」

然後煞車不及地撞上斜前方的一堵牆。

淒厲的慘叫過後，那團像是衝撞得變了形的黑影，頓如失去黏性的黏土，「啪」地一聲，砸落在地板上。

無數雙眼睛沉默地看著那隻似乎眼冒金星的黑色大烏鴉。

「八金，好遜。」胡里梨細聲細氣地說出大多人的心聲。

「誰……誰說我遜了！」八金頭還暈著，但是鳥可暈不可辱，牠馬上搖搖晃晃地跳了起來，腦袋昂高，準備讓人好好見識牠伶牙俐齒的反駁。

只不過八金剛一抬頭，來到嘴邊的話頓時全嚥回肚子裡。映入牠眼內的，是雙手抱胸、全公會誰也不敢違逆的至高存在。

「老、老大!?」

接下來粗暴倒拎起牠的人，更是讓八金連一丁點的氣焰也全消。本來蓬起的羽毛全部可憐兮兮地垂下，哪裡還有一絲囂張的樣子。

「范相思怎麼會養了你這種蠢鳥當寵物？」灰幻陰沉著臉，嚴苛的目光像要在八金身上刨挖出一個洞。

八金灰溜溜地縮著身體，大氣也不敢吭一聲，牠實在很怕這位和自家主人有著曖昧關係的特援部部長。

「別欺負牠哪，灰幻，不然我要跟你收費的。」范相思出聲解除了自家寵物的危機，「當然，如果你真想欺負牠的話，事情處理完後，付我出借費就行。」

「放屁！誰會有那種鬼興趣？」灰幻的手指嫌惡地一鬆。

如果不是有道泛著白色微光的障壁從中截住八金，恐怕牠又要摔得七葷八素了。

「我們都知道灰幻你的興趣是什麼。現在，該讓八金明白自己要做什麼才行。」安萬里溫和地說，手一抬，白光上的烏鴉隨即被穩穩地放回地板。

待八金聽完任務內容，原先的暈眩瞬間被驚得退下，取而代之的是油然而生的濃濃使命感。

「報告組織！一定不會辜負組織期待的嘎！」八金抬頭挺胸，將胸前掛著的小袋子挺得更突出，一隻翅膀還做出了敬禮狀。

「好了，拿出你全部的力氣來吧，八金。」范相思的眉眼還是笑盈盈的，然而眸中的光芒如同打磨過的劍刃。

范相思手中不知何時抓握著一把摺扇，造型奇特的扇骨收疊一起，隨後她猶如揮舞兵器般，氣勢萬鈞地將摺扇往前使勁一劃。

「現在，該是全速衝刺的時候了！」

清亮的少女喊聲透過光屏落下，八金的體型頓如充氣的氣球急遽暴長。

下一剎那，比成人還要巨大數倍的漆黑烏鴉發出高亢啼叫，雙翅一拍，瞬如離弦之箭，疾速地直衝飛向幽暗的空間通道入口。

胡里梨高舉雙手，像在支撐著無形之物，汗珠從白皙的額角滲冒。

隨著八金離通道入口越來越近，入口邊緣也震顫出更加劇烈的幅度，甚至漸漸失去本來的輪廓，彷若有股看不見的力道在拚命撕扯、擠壓。

所有人都能清楚看見那面黑色鏡影在扭曲形體。

胡里梨的臉蛋變得蒼白，更多豆大汗珠滴落，高舉的小手微微發抖，青色的血管條條突冒。

就在八金的身軀完全被黑暗吞沒進去之際——

「維持不住！要崩塌了！」胡里梨急促地大叫一聲，身子驟然一軟，整個人狼狽地跌坐在地。

與此同時，那面已被扭曲成不規則形狀的黑色之鏡，也猝然閉合成一條細密縫隙，發出電流摩擦似的滋滋幾聲後，便徹底消逝在眾人眼前。

「里梨，還好嗎？」離得最近的安萬里伸手將人拉起。不知不覺中，他的眼瞳也像受到情緒感染，回復成妖化的碧綠。

「沒……里梨我沒事……」胡里梨喘著氣站起，雖說小臉蒼白，但紫水晶般的大眼睛仍有神得很。她拍拍胸口，咧開得意的笑，朝胡十炎挺直了背，「老大、老大，我成功了唷！

里梨我很厲害對不對？」

「那還用說嗎？幹得好！」胡十炎不吝惜地比出一記大拇指，「堯天照片給妳兩疊！」

「眞的嗎？眞的嗎？太棒了，好開心！」胡里梨的雙眼大放興奮光采，開心地歡呼起來，「最愛老大了！」

話聲未落，胡里梨就像顆粉色小砲彈，高速撲向胡十炎。

「等……！」胡十炎對這份「突襲」可說是措手不及，笑意還凝固在臉上，身體已被與那抹嬌小人影不相符的可怕勁道撞得往後倒。

這下小臉煞白的人換成胡十炎了。

別看胡里梨個子小歸小，與生俱來的怪力足以讓堂堂六尾妖狐大吃苦頭。

「老大！」

「快搶救老大！」

特援部幾名成員趕忙一擁而上，七手八腳地幫忙從後撐住胡十炎，沒讓他飛跌得太遠。

一陣兵慌馬亂過去，胡十炎揉揉額角，一手拍拍還埋在他懷裡的胡里梨，稚氣的臉上盡是無奈，但依稀可以看出他對胡里梨的縱容。

灰幻一彈指，示意完成一次「特殊救援」的部下再退到旁邊去。

「這告訴我們，還是別濫用左……堯天的照片比較好，對吧？免得報應馬上發生。」安萬里推推眼鏡，唇角彎起和煦的弧度，像在真誠地提供建議，但看在胡十炎眼裡，只覺份外刺目。

那種狐狸眼、狐狸笑，看起來分明就是嘲諷人的狡猾老狐狸……胡十炎撇撇唇，隨後抬起手，嫌惡地衝著安萬里揮了揮。

「少在那說風涼話，老妖怪，信不信我宰了你。傷患還不趕快滾回床上睡覺，別事情解決了，你卻不行了，那可就好笑了。」

「我相信我不會有問題的，畢竟禍害總是會遺千年，十炎。」安萬里慢悠悠地說。

「你居然承認自己是禍害？太難得了。」胡十炎故作詫異地挑高眉梢，另一手推推胡里梨，要她放開自己，免得那兩條小手臂真的要把他勒得喘不過氣了，「里梨，八金大約會多久到另一端的空間點？」

「一、二、三、四、五……比五分鐘再多一點。」胡里梨舉起五根手指頭。

「以八金的速度來算……也就是四十分鐘內，應該能趕到繁花地。」范相思以摺扇敲敲掌心，這時間比她預期得要更短，「總之，絕對到得了潭雅市，是吧？」

胡里梨發現每個人的視線都集中在她身上，她慎重且毫不猶豫地點點頭。

頓時，空氣裡的緊繃氛圍消失了。

就連素來沉穩的安萬里也忍不住吐出了一句，「終於……」

鏡片後的碧眸內閃過一抹如釋重負的愉悅。

「那麼接下來，再由本姑娘繼續負責了。」范相思脆生生的嗓音復而響起，「安萬里，我知道你很高興封印能修復。不過就像老大說的，你確實還是要好好休息。」

「啊，那麼明顯嗎？」安萬里不好意思地摸摸鼻子。

「明顯、明顯，那表情簡直像開出一朵花似的。」胡十炎隨口敷衍了幾句，「里梨也是，該去休息一下。你們有誰不安分的話，我就踢誰屁股。范相思，隨時和我保持聯絡，公會這邊的通訊會一直開著。」

「沒有問題。」范相思比出一個ＯＫ的手勢。

「不准拿自己開玩笑，不准再無視我的電話。我打幾通，妳好歹也要回幾通。聽見了沒有，范相思？」灰幻板著臉，語氣強硬嚴厲。

「這個嘛，再看看囉。」范相思聳聳肩膀，勾起狡黠的弧度，手中的摺扇冷不防甩開。

「唰」的一聲，不但遮住她似笑非笑的貓兒眼，也暫時切斷與公會那方的聯繫。

將光屏推至一旁，范相思狀似把玩般拋扔摺扇幾次。當扇子自高處落下，她沒有接住，反而任其筆直墜地。

就在即將觸地的前一秒，清冽的白光從扇骨間迸射而出，眨眼竟分化出數道修長如劍的熾白光影。

白色劍影環立在范相思身周。

短髮劍靈摘下眼鏡，勾揚的貓兒眼炯亮有神。她伸出手指，直抵其中一把劍影。

「眞是的，爲了那群小朋友，我也眞夠拚了，之後一定要好好敲上一頓才行哪。首先，就叫柯維安把提款卡和存摺都交上來吧。畢竟要想辦法利用繁花地的那片劍影來破開阻隔在那的東西，可是非常、非常耗力的。」

爲了能使八金不受阻礙地抵達繁花地，將守鑰之力帶到，范相思毫不遲疑地開始催動體內的劍靈力量。

指尖處先是冒出一簇灼亮，隨即光芒越來越盛，和環列的劍影頓成呼應。

范相思可以感覺到無形的氣勁正蠻橫地衝撞她的臟腑，那是身體發出吃不消的警告。但是她並未停止，突然想到灰幻氣急敗壞的臉，耳邊似乎也能浮現出他的怒吼。

——范相思！我不是不准妳拿自己開玩笑嗎!?

「哎，就是知道你會暴跳如雷，才故意不給你看的嘛……」范相思自言自語地說著，唇角卻揚起笑意，「不過等『唯一』的事全都處理完後，也是該來——」

熾白的光輝轉瞬間爆發，吞沒了那隻從指尖迸開一條條裂縫的手臂，也吞沒了如成串鈴鐺敲擊的清脆話語。

——給出一個答覆了呢。

第三章

一縷縷桃紅煙氣凝聚成實體，猶如曲折的荊棘在高處不停歇地糾結纏繞著，漸漸勾勒出大得幾乎能覆蓋整座繁花地的圓形。

即使從此刻的位置只能窺得一角，柯維安也知道過不了多久，那些再深上一分就如飽含鮮血的荊棘狀花紋，便將滲進絲絲深青，扭曲成既像字又像圖騰的古怪紋路，將圓形內部劃分出十二個區域。

然後，更多桃紅荊棘會盤成大大小小的多重同心圓，最末將組成宛如齒輪與巨鐘相嵌的妖異圖陣。

就如同那一日、那一夜，在符家所見的景象。

如此詭譎又妖異，因爲那是「唯一」的……

該死的！那是「唯一」的封印！

陡然間，像有盆冰水澆淋而下，當場讓柯維安從恍惚中驚醒過來，渙散的意識一口氣凝聚，眼裡的茫然也全數退去。

柯維安終於驚覺自己在什麼地方，這使他立即反射性地彈跳起來。

他被符廊香和那堆樹枝丟進綠色迷宮裡了，他必須趕緊找到小白他們！

但是一聲驚叫突如其來響起。

「小安，別動！」

熟悉的稱呼和聲音，令柯維安不做多想，下意識繃住身子，形成僵硬古怪的姿勢。

就在這瞬間，三道碧綠光束破空而來，擦過柯維安鬈翹得最高的那綹髮絲頂端，以驚人之勢，齊齊沒入從隱蔽角落裡撲竄出來的龐然黑影中。

頭部、頸部、腹部，遭到三支箭矢貫穿的枯枝野獸自空中摔墜下來，發出令人心驚的枝條斷裂聲。

啪嚓、啪嚓、啪嚓。

乍看之下像是狼，但頭顱凹陷半邊的可怖野獸彷彿不死心地想要再爬起，用它崩散的爪子抓刨住不遠處的男孩身影。

那場景，說有多詭異就有多詭異。

回過神的柯維安忙不迭地跳起，再怎麼遲鈍，都看得出他就是那隻狼相中的獵物，況且他從來就不是什麼遲鈍的人。

心念電轉間，柯維安已從還掛在他肩上的背包裡扯出筆電，五指迅速往終日亮著光的螢幕內部一探。

沾染艷麗金墨的巨大毛筆立即脫出，迅雷不及掩耳地就往那頭巨狼的頭顱一筆摁下。

金艷墨漬像是散發著高溫和強酸的液體，頓時傳出令人牙酸的滋滋聲響，白煙跟著冉冉升起。

頭部灼蝕出黑色窟窿的巨狼轉眼便塌垮下去，瓦解爲一地的枯枝腐葉。

「小安！」光箭主人即刻跑了過來，那張俏麗可人的臉蛋上還有著幾分未散的緊張。

「小可……」柯維安放鬆雙手力道，回過頭，看著像是小動物可愛的鬈髮女孩跑向自己，滿腔疑問再也憋不住地接連冒出，「小可，現在是……只有我和妳嗎？我失去意識多久了？噢，我的天啊，我剛醒過來時，居然還盯著『唯一』的封印發愣！」

只要一回想自己稍早前的表現，柯維安就忍不住想給自己一掌。

在這種緊要關頭，他醒來後還恍個什麼神啊！

柯維安，振作點，別忘記小白還在等著你英勇地過去迎接他！

這個想法似乎給了柯維安莫大鼓舞，就連雙眼也馬上變得格外有神。

「失去意識多久嗎？」蔚可可自然不曉得柯維安的腦海內已熟練地跑完一輪小劇場，

她流露出一絲不確定地說，「唔嗯……應該只是一下子。我爬起來時，就看到小安你躺在這了。而且不知道為什麼，手機上的時鐘好像也出了問題，時間都沒前進。」

蔚可可摸出自己的手機，將螢幕展示給柯維安。

上頭顯示的時間是五點零五分。

「我們在繁花地大門前集合時，我還特地瞄過，就是五分了。可是現在……」蔚可可皺著臉，不認為這一連串事情，會連一分鐘都沒耗去。

柯維安敢肯定從他們進入庭園到現在，已經過了十五分鐘以上。而手機也不像手錶會有指針停止不動的問題，那麼最有可能的就是……宿鳥的空間造成了這個影響。

柯維安也翻出自己的手機，果然如他猜想，時鐘數字也和蔚可可的相同。

「看樣子，是受到這地方影響了。小可，妳看我的筆電，因為是師父送的，所以就沒發生這狀況。」柯維安單手托著筆電，安慰地解釋道：「離開這裡後，應該就會回復原樣。啊，不過也不必太擔心，就算沒有筆電，我也能大概猜得出時間。這可是長期追動畫培養出來的本能性生理時鐘呢，厲不厲害？」

「好厲害！」蔚可可佩服地鼓鼓掌，「不愧是小安！」

「哪裡、哪裡，謝謝誇獎。」為了方便行動，柯維安將筆電闔起，重新塞回背包，順便讓抓握著的毛筆遵從他的意志，化成紛紛光點，像條金手鍊般環在他的手腕上。

如此一來，就能不過度妨礙接下來的奔跑行動，也可以在遇上危急時，第一時間反擊，不須再次費力打開筆電。

方才幸好有蔚可可，否則柯維安眞不敢想像，在抽出神使的武器之前，自己會先被那頭巨狼咬掉哪裡。

「但是，眞奇怪哪……」柯維安若有所思地摸摸下巴，「被小可妳誇讚是件開心的事，可是我又莫名地好懷念小白的怒吼……」

假使他家甜心在這裡，估計就會斥罵一聲——那種生理時鐘有啥好驕傲的！期末考前一天還在猛看動畫的傢伙給我滾到旁邊去！

「不不不，不會奇怪喔，小安。」蔚可可像是感同身受地拍拍柯維安的肩膀，圓亮的眸子裡滿是正經，「習慣後就會變成這個樣子了。像我和我哥，有時候也挺想念的。話又說回來，這個地方到底是……」

蔚可可滿腹納悶地東張西望。

他們所在地的兩側，各是一堵攀繞眾多植物的高聳泥土牆。有些樹木就像是從牆內破土長出，錯縱的糾結樹根分布得密密麻麻。

泥土牆延伸了好一段距離，在前後端的盡頭又彎繞出去，底部是另一道高牆阻擋。

簡單來說，柯維安和蔚可可正身處一條綠色通道裡。

四面八方被樹叢、花葉、泥土、石板環繞，頭頂則是昏黃的天空，怵目的桃紅荊棘將天空切割成破碎的形狀。

蔚可可從沒見過「唯一」封印的全貌，於是不知道他們上方，其實正悄無聲息地延展出有如齒輪鐘的巨大圖陣。

柯維安雖然曾短暫失去意識，但不代表他會忘了不久前發生的事。

他記得很清楚，符廊香入侵了宿鳥，奪走那具軀體，並將他們所有人打散，丟入這座由繁花地異變而成的大迷宮。

幸運的是，他與蔚可可在一起。這表示他們要前去尋找的同伴有五個，一刻、珊琳、曲九江、黑令、末藥……

不對，是六個人。

還有符芍音。

柯維安眼神一凜，暗地握緊拳頭。

符廊香訂下一條遊戲規則，如果不在廣場上的召靈陣法完成前找到符芍音，那名不知蹤影的白髮小女孩就會——

他不會讓那種事發生的！

柯維安強制掐斷沒有助益的想像，他知道這時候該做的是什麼。

「宿鳥……符廊香把這裡變成一座迷宮，我猜小白他們也都在裡面。」柯維安迅速分析，「我希望他們別被分得太散太遠。小可，我們要趕緊找到大家與小芍音。不但不能讓符廊香成功設下陣法，還有『唯一』的封印，說什麼也不能讓符廊香有機會去衝擊它。」

「所以那果然是……」蔚可可仰高頭，眼底倒映著妖異的桃紅。她不自覺地嚥嚥口水，沒忘記在跌入這座迷宮之際，依稀聽見符廊香的高亢質問。

「最後一個問題。」

「回答我，維安哥哥，否則符家小家主現在就得死。」

「回答——我是爲了什麼出現在這裡？在繁花地，在潭雅市！」

那聲音像是少女與凶獸同時發聲，宛如嘶喊，宛如大笑，宛如咆吼，讓人打從心底不寒而慄。

而柯維安用盡力氣的吶喊，好似仍在耳畔迴盪，進而熨入臟腑。

「『唯一』的封印！」

「小安，那果然就是你們說的……『唯一』的封印是不是？」蔚可可像怕驚擾到什麼般輕聲問道，眼睫毛忍不住緊張地快速眨動幾下。

她曾從柯維安與一刻那裡聽聞，如今只見到一部分就令人深感震撼。蔚可可不知道，全部暴露出來的封印模樣又將是多麼驚人。

「啊……但就算老狐狸不在，只要不給符廊香機會，封印也不會說破就破的。」柯維安認真望著蔚可可，替彼此加油打氣，「我們一定行的，一定可以。」

蔚可可眨眨眼，隨即那雙小鹿似的大眼睛也躍上光芒。

「沒錯，一定可以！」蔚可可露出幹勁十足的笑容，握緊了拳頭，往半空揮舞幾下，「颯爽美少年加上天才美少女，我們可是無敵的組合！」

「說得太有道理了，不愧是我的心之友！那麼，美少女。」

「沒問題的，美少年。」

「我們——」

「衝吧！」

異口同聲的有力吆喝才剛落下，柯維安與蔚可可不由分說地同時行動，全速往通道其中一個方向奔跑。

蔚可可跑得較前頭，由她負責選擇方向。

不只蔚可可，就連柯維安也聽過范相思的一句名言。

「女孩子的直覺，可是超級有用的哪！」

對於蔚可可的決定，柯維安不提出任何質疑，努力不讓自己拖慢速度。他心知自己的爆發力無法持續太久，所以得把握時間，力求盡快找到一刻等人，阻止符廊香的計畫。

「宮一刻！珊琳！」

「小白！甜心！蜜糖！」

蔚可可和柯維安一邊跑，一邊在複雜難辨的迷宮通道裡拉高聲音大喊。

他們沒有嘗試用手機聯繫。

在這個放眼望去根本分不清東南西北的空間中，就算手機另一端眞的接通了，只怕雙方都給不出一個具體方位。

「曲九江！黑令！末藥！」

「親愛的！路人甲、路人乙！珊琳小天使！還有末藥大人！」

「……等等，小安，爲什麼你的一些稱呼好像怪怪的？」

「大概是因為我的身體本能地抗拒喊出過保鮮期男人的名字吧。小可妳看，我的臉色變得比較白，汗水也流下來了，這些都是抗拒的反應啊。」

「老實講……這聽起來有點唬爛耶，小安。不過就某方面來看，你也眞是辛苦了。」

簡單交換完對話，兩名年輕神使轉頭繼續拉高聲音，鍥而不捨地呼喊著失散同伴們的名字。

一路上，蔚可可也記不得他們究竟跑過幾個彎，深入多少條岔路，映入眼中的幾乎是一成不變的枯燥景色。

濃綠、淺碧；濃綠、淺碧。

這是一座被綠意包圍的無止盡迷宮。

除了他們的叫喊聲、腳步聲，以及急促的呼吸聲外，就再也沒有其他聲響。

蔚可可極力不讓自己想太多，一旦開始胡思亂想，她的行動便容易變得躊躇不前。

要勇往直行才行！

蔚可可在內心為自己打氣，同時沒有鬆懈對周遭環境的戒備。她的手指緊抓弓身，以便隨時都能精準發射。

然而下一秒，蔚可可猛地停住腳步。

假使不是仔細留意著前方人的動作，柯維安險些就要一頭撞上了。

「怎麼了？小可，妳發現什麼了嗎？」緊急穩住身勢，柯維安連忙四下張望。

「不是的，小安……我只是忽然想到……」蔚可可乾巴巴地說著，「這迷宮，該不會是完全覆蓋了整片繁花地吧？我說的整片，是指連後山也算進去……黑令不是說過，這裡的總佔地面積……」

「跟我們繁大差不多……」柯維安的嗓子也不禁發乾，他虛弱地說。

兩雙同樣又圓又大的眼睛互視數秒，旋即有志一同地倒抽口氣。

「我完全忘記考慮這一點了……靠靠靠！要是眞那樣的話，一小時也跑不完啊！」柯維安宛若呻吟般嚷著，「媲美全國第三大大學的土地面積……那可不是在開玩笑的！」

「迷宮……迷宮的訣竅……嗚哇！我平常就不太會玩走迷宮了！」蔚可可慌張得都想拉扯自己的頭髮，「要是有老哥或小染在就好了，更不用說這迷宮還是三D立體的，我們連自己在哪都看不見……」

「看！」柯維安驀地大叫，娃娃臉亮起光芒，「就是看啊！小可，妳眞是天才，我們可以想辦法到最上面看！」

「咦咦咦？對喔！」蔚可可頓時也恍然大悟，興奮的笑容露出。

柯維安不假思索地採取行動。他抽離手腕上的金環，一揮甩使之回復爲等身高的毛筆。飽含金墨的筆尖行雲流水般往空中揮灑，墨水凝成小圓盾般的實體形狀，如同階梯一般，有序地朝上一面面排列。

「我上去看，下面就先拜託妳了！」柯維安飛速踩著自己製造出來的通路往上跑跳，毛筆不停地畫出下一個、再下一個的金色圓盤。

不消一會兒，柯維安就快逼臨高牆頂端。

只要一站上牆頂，就能俯瞰整座大迷宮的道路分布。

然而就在柯維安正欲揮筆的刹那，意想不到的異變驟生。

林立在柯維安身周的高牆猛地發出詭譎響動，聽起來像是人骨受到拉扯般，卡啦卡啦地作響。

栽植在牆面上的植物也騷動不已，沙沙聲不絕於耳。

與此同時，牆面的高度竟然飛快增加。

「什麼!?」柯維安大吃一驚，想也不想地便往上直追。

但不管柯維安縱跳得多高，牆面的生長速度彷彿不會止息，不斷地往上越拔越高。

「小安停下！」蔚可可自底下望見這幕，焦急地放聲大喊，「快下來，不要再試了！」

柯維安終究不是會被衝動沖昏頭的人，發現四邊泥土牆無論如何都會高出自己一大截，他果斷地放棄追逐，返身踩著原先的金色圓盤迅速回到地上。

「好吧……起碼我們證實了，從上面是行不通的。」柯維安喘著氣，靠著拄地的毛筆支撐身子，「接下來，只好再依靠妳的直覺了。」

「我會努力的！」蔚可可用力點點頭。

縱然無法得知迷宮究竟有多廣大，但一次的失敗並未阻止柯維安和蔚可可的腳步。

蔚可可深吸一口氣，和柯維安再次往前疾奔。

只不過這一回，兩名年輕神使的好運似乎到了盡頭。

先前路途上的平靜消失，取而代之的是樹叢間、陰影下出現了一隻隻枯枝巨狼。

外貌猙獰駭人的野獸不是頭顱凹陷，就是部分身體缺失，這份畸異使它們看上去愈發怵目驚心。

巨狼從前方步步逼近，喉頭部位溢出危險的低哮。

柯維安和蔚可可繃緊身子，謹慎地往後退。

如果只是一隻還好對付，但眼前偏偏是一大群的數量。

似乎覺得這樣還不夠，忽然間，另一陣異響自後方傳出。

柯維安與蔚可可警覺地扭過頭，接著本來要往後的步伐硬生生收住。

「噢，不……」柯維安頭皮發麻，呻吟出聲。

「小安，這是不是叫那個什麼的……」蔚可可慘白著俏臉說，「屋漏偏逢……呃，颱風？」

「從意義上來說，不能算有錯，不過正確用法應該是『連夜雨』。」柯維安腳跟一旋，隨即讓自己移換位置，擋在蔚可可身後。

兩人背抵著背，不敢大意地緊盯狼群的動靜。

彷彿篤定獵物插翅難飛，由枯枝、腐葉組成的凶猛野獸放慢了速度，沒有在第一時間撲咬上來。它們齜牙咧嘴，維持著恫嚇的姿態，低沉似滾雷的吼聲不時響起。

而兩側高大、直衝雲霄的障壁，無疑替眼下情境增添壓迫。

「小可，妳知道嗎？」柯維安說。

「那個，其實我什麼都不知道耶……」蔚可可語帶遲疑地回答。

柯維安也不氣餒，「沒關係，就當作只是種開場白。我要說的是，假如我們在打電玩，敵方越重要的地方，會有越多什麼？」

「更多的敵人？等等！」蔚可可靈光乍閃，瞬間領悟到柯維安暗指的含意，「小安，難不成……」

「我猜啦。」柯維安壓低聲音，加快語速，「反正死馬當活馬醫，我們現在也沒線索。既然那些……嗯，狼，是從妳那方向先出現的，我們就往那跑，總之就是想盡辦法突破，我數到三，就動手。」

「收到！」

「很好，那就——三！」

猝然一聲大喝，柯維安果斷轉身，與蔚可可奮不顧身地往前衝。

似乎被兩人突來的舉動弄得措手不及，狼群起初陷入愣怔，緊接著宛如被激怒地咆哮奔出。

前後兩方都有狼吼逼近。

但是柯維安他們並未回頭。

即使與前方的巨狼越漸縮短距離，兩人腳下的速度不但未減，反倒愈發迅速。

就在數隻枯枝巨狼張開大口，衝著獵物撲躍而出，準備狠狠嘶咬的剎那間——

娃娃臉男孩和鬈髮女孩竟雙雙壓低身子，利用衝勢，迅雷不及掩耳地一記滑鏟，自巨狼身下與它們交錯而過。

同時，毛筆筆尖與驟生的碧色光箭不留情地往上猛力捅進，順勢割拉開一道深深裂縫。

當柯維安與蔚可可俐落跳起，後方兩頭巨狼也「嘩啦」散了架，解體成一堆乾枯樹枝。

這舉動無異刺激了敵人。

剩餘狼群更陷入狂爆，它們如瞧見紅布的鬥牛般，鍥而不捨地瘋狂追趕兩名神使，一下子又將雙方距離拉近。

柯維安從眼角瞥見那些難以擺脫的狼影，心知如果不採取其他行動，被追上顯然只是時間上的問題，更遑論他們體力有限，敵人可是不知疲累。

打定主意，柯維安冷不防一煞腳步，轉身就是一筆金艷朝地面橫劃。

淡金色光芒拔起，像座堅硬屏障，頓時使得來不及收勢的狼群一頭重重撞上。

「幸虧這裡通道不算寬……快跑！」柯維安衝著下意識停步的蔚可可喊道，將不斷衝撞金壁的巨狼拋在後方，「那個估計只能撐一會兒，現在就保佑前面不會再跑出新一批的……啊，靠。」

柯維安不禁閉上嘴，震驚地看著兩側植物牆鑽冒出一顆顆野獸頭顱。

它們宛若要從牆裡脫出般掙動著，越掙扎，冒出的身體部位也越多。

用不了多久，眾多枯枝野獸就會完全成形。

「眞的太靠杯了！爲毛是挑這個時間好的不靈、壞的靈呢？小可繼續跑！不要停！」

「人家也不敢停啊！」

此起彼落的大叫中，數隻畸異的枯枝野獸已脫牆躍下。它們抖抖身子，發出危險的哮聲，旋即邁開四肢狂追。

很快地，越來越多枯枝生物加入追擊行列。

而金壁在受到不斷衝撞下，也如大張蛛網擴散般，出現條條裂痕，顯得岌岌可危。

當金壁乍然應聲碎裂，多條凶暴的身影立刻竄了出來。

敵人的數量壓倒性龐大，一旦被追上，就會在片刻間遭到瘋狂的啃囓嘶咬。

下一秒，一隻離得最近的枯枝野獸猛然發勁跳起，從後撲上柯維安的背。

突來的衝力和重量讓柯維安措手不及，整個人狼狽地往前撲倒。

「小安！」蔚可可尖叫。來不及搭弓拉弦，她想也不想地直接以長弓當武器，使盡全力抽打上那隻欲張嘴咬上柯維安的野獸。

散發微光的弓身當場將那顆畸形頭顱打散，大半枯枝接連掉落。

「滾開！」蔚可可再用力將長弓的一端戳進野獸體內，隨著她反手拉出，那隻由枯枝組成的生物再也支撐不住地瓦解。

趁此機會，蔚可可連忙一把拉起柯維安。

然而原先落後的野獸大軍已在這時追上。

兩名年輕神使來不及防禦，只能眼睜睜看著即將落在他們身上的利爪和獠牙。

就在這千鈞一髮之際，無數道綠影凌空竄出，飛也似地從柯維安他們兩側擦身而過。

那些綠影如一根根鋒利的長矛，快狠準地洞穿過那些爭先恐後欲撲咬向柯維安他們的枯枝野獸。

「什……」柯維安睜大眼，未等他喊出第二個音節，又是一波碧影貼著牆面飛速到來，將尚未完全成形的野獸腦袋一併扎了個對穿。

轉眼間，通道裡的敵人已潰不成軍，地面散落著凌亂的樹枝乾草。

柯維安與蔚可可目瞪口呆地望著眼前一切，半晌後才終於回過神。

貫穿所有野獸的碧影，赫然是一條條碧綠藤蔓，它們纏綑在一起，化成有如長矛的堅硬存在。

一看清是藤蔓，柯維安兩人心裡馬上跳出熟悉的人名。他們急忙回過頭，臉上浮現大片驚喜。

出現在他們視野內的，果真是預期中的碧色嬌小人影。

翠綠如山林的髮絲，以及深棕如泥土的眼眸……

「珊琳！」

「真的是珊琳耶！」

柯維安和蔚可可掩不住滿臉喜悅，快步往前跑去。

「維安大人、可可大人，你們沒事吧？」珊琳收起靜止於身前的藤蔓，在一片崩散垮架的聲音中，也三步併作兩步地朝著柯維安兩人迎上。

「沒事、沒事，沒有哪個地方有少的！」柯維安張開手臂，迫不及待地要和珊琳來個重逢的擁抱。

然後珊琳一頭撲進蔚可可的懷抱裡。

柯維安僵著手臂，隨後只得訕訕放下，絕不想承認自己那一刻間聽見了心碎的聲音。

沒辦法，美少女總是比美少年受歡迎……柯維安拚命在心裡安慰自己。啊，但是這種眼睛熱熱、像要出汗的感覺究竟是……

「維安大人、可可大人，你們沒事真的太好了！」珊琳仰起頭，像是不知道自己方才對柯維安已造成心靈上的傷害，露出欣喜天真的笑容，「這樣只剩下小白大人和末藥大人還沒找到了！」

「原來只剩小白和末藥……咦咦咦咦咦？只剩小白和末藥!?」柯維安吃驚地拉高音調，「意思是說……黑令、曲九江也跟珊琳妳待在一起嗎？太可恨了啊！居然讓兩個過期男人獨佔蘿莉，這要我怎麼忍得下這口氣！」

「小安，你的重點偏了啦。」蔚可可皺了皺鼻尖，認眞地說，「照你的標準算，你自己不也算是過期品了嗎？」

「不不不，我是永遠十八一枝帥草，而且娃娃臉萬歲！」柯維安大言不慚地挺起胸膛。

……兩位大人，你們的重點都不太對啊……珊琳小大人似地嘆了口氣，決定自立自強。

「我最開始的確是一個人，然後才碰上九江和黑令！」珊琳放大音量說，果然立即拉回另外兩人的注意力。

「也就是說，那兩人是掉落在一塊的嗎？我靠，這什麼大凶組合啊……」柯維安對曲九江、黑令的妒恨迅速消失，他咂咂舌，抖落一身雞皮疙瘩，「光想像就覺得很驚悚了……不過你們怎麼那麼快就碰上了？我和小可跑到現在才看見珊琳妳……欸？不對呀，那他們兩個呢？」

「我們在前面一點的岔路又分開了，但是有做記號，很快就能再會合。維安大人、可可大人，我們還是趕快去找九江他們吧，我會一邊解釋給你們聽的。」珊琳拉著蔚可可的手，催促著兩人。

在珊琳接下來的說明中，柯維安他們才知道，珊琳、黑令和曲九江似乎是掉落在相隔不遠的區域，才能在短時間內遇上彼此。

至於會找到他們，則是珊琳湊巧聽見他們的聲音，也因此才有辦法在最危急的時刻幫了大忙。

「咦？可是有一點我想不通耶。」蔚可可邊跑邊問，「印象中，曲九江和黑令都不像是會大聲喊別人名字的類型……」

「沒錯，一個是不屑喊，一個是懶得喊。」柯維安深感贊同。發現珊琳流露不解，他趕緊再補充，「小可的意思是，在這樣的情況下，他們倆很可能就會和珊琳妳錯過了，但是你們還是很快就能找到對方。」

「那是因爲……他們的動靜實在太明顯了！」幾乎就在珊琳回頭大喊的同一時間，一陣轟然聲響從不遠處傳出。

聽起來就像有什麼龐然大物倒下，才會在這座迷宮裡製造出如此大的聲響。

柯維安和蔚可可嚇了一跳，反射性地摸上武器。

珊琳卻是眼睛一亮，「是九江他們！」

「咦？」

「眞的還假的啊？」

「眞的、眞的，我們快遇上他們了！」珊琳與高呆烈地嚷道。

藉著循聲辨位，頃刻間，眾人就找到那陣劇烈響動的發源地。

當柯維安他們隨著珊琳跑出轉角、看清前方的景象時，他們忍不住瞪圓眼、張大嘴，終於明白珊琳口中說的「動靜」是怎麼回事。

呈現在他們眼前的，是座崩垮出一道大缺口的植物牆。上頭的濃綠、淺綠皆被燒灼成清一色的焦黑，緋紅的火焰像流水般貼附在斷裂的牆面遊走，一有新的枝葉想要蠕動鑽出，瞬間就會被高溫和熱力呑吃得丁點也不剩。

而成堆疊砌在地上的泥土與石塊，切面看起來光滑俐落，猶如被鋒利的武器切割下來。

毋須多問，柯維安他們一看就知道是誰出手的。

站在洞口前的灰髮青年，手中的銀紫色旋刃正無聲而強烈地發散著自身的存在感。

至於站在另一端的半妖青年，他的髮絲，以及臂上攀繞的火焰，可以說是這座幽綠迷宮裡最奪目的色彩。

「我的天啊，這也太猛了吧……」蔚可可張口結舌，手指像是要指向曲九江或黑令，最後指向那道驚人的缺口。

「不……這根本就是超級犯規好嗎？」柯維安好不容易才找回自己的聲音。

靠喔，怪不得珊琳會說靠著動靜就能找到這兩個傢伙……恐怕連符廊香也不曾預料到，她製造出來的迷宮，會被人以這種簡單粗暴的方式破壞。

「媽啦，你們倆簡直就是迷宮殺手，拜託你們之後千萬別去玩什麼密室逃脫或鬼屋遊戲之類的，主辦單位肯定會哭給你們看！」

「小白呢？」曲九江無視柯維安那番感慨，劈頭就是冷冰冰的一句質問，「室友B，小白沒跟你們在一起？」

「沒有喔。」蔚可可幫忙回答，雙手在胸前比出一個「X」的手勢，「宮一刻沒在我們這邊，我猜他會不會是跟末藥在一起？」

「小可，妳最後那句話說得有點歧義耶。」

「欸？有嗎？可是宮一刻與末藥在一起的機率有一半，對吧？」

「咳，沒事……當我剛什麼都沒說好了。」面對蔚可可和珊琳投來的納悶眼神，柯維安咳了幾聲，揮揮手帶過話題，「總之，我也希望小白能和末藥同組，兩個人比較有照應……

黑令，你盯著那邊做什麼？有新發現嗎？」

發覺黑令的目光動也不動地凝望著某個定點，柯維安下意識生起警戒，手指搭上腕上的金環，深怕又是新的枯枝猛獸或出現其他什麼亂七八糟的東西。

但跟著盯望了數秒後，並沒有發生任何奇怪的異變。

「黑令？」

黑令轉過頭，「雞蛋花。」

「什麼？」

「可以吃嗎？」

「當然……我靠！結果你是餓了嗎！」嚴肅的氣氛霍地被破壞殆盡，柯維安的娃娃臉差點扭曲成猙獰的表情。他惱怒地彈下舌，從背包裡翻找出糖果，然後粗魯地塞給黑令，「拿去啦！出去後你絕對要買新的還我……這可是我本來要用來搭訕蘿莉的。」

小安，你在珊琳面前毫不掩飾內心企圖這樣好嗎？蔚可可摸摸鼻子，瞄了一眼珊琳。

注意到她視線的綠髮山精昂起頭，回予天眞的笑靨。

不過蔚可可敢發誓，珊琳那瞬間和柯維安拉開一段距離，肯定不是她的錯覺。

「呃，那個我說……」蔚可可伸直了手，決定發表一點意見，「雖然現在可以用最短距離穿過迷宮，但除了宮一刻、末藥，我們還要找出芍音。如果用那種方式，萬一芍音還在裡面……」

「不會。」低聲開口的是黑令，他沒有讓眾人多費心思去猜測他的含意，繼續再說下去，「狩妖士的靈力，感應得到。」

柯維安和蔚可可不約而同地露出鬆了口氣的表情。

「那就好、那就好。」蔚可可拍撫胸口，「那我們趕緊去……」

蔚可可忽地沒了聲音，她猛然意識到此刻有三個選擇擺在他們眼前——他們要從誰開始找？

「我……」這時珊琳驀地出聲，她抓著裙角，低垂著眼，細細地說，「我應該有辦法找到末藥大人，只要我把全部的力量凝聚起來，應該就能和末藥大人之間做出感應……山精和山神的力量可以說是同出一源，只是在這過程中，我就沒辦法幫忙對付敵人……」

「妳在說什麼蠢話？別開玩笑了。」曲九江的嗓音驟然低了一階，聽上去竟透出陰寒。

不僅如此，那雙銀星似的眼瞳也毫無溫度可言，猶若霜雪。

珊琳被嚇到般一震，棕眸慌張地望著曲九江。

「妳以爲我會把小白放到那個叫末藥的後面？而那甚至不是妳的山神！」曲九江勃然大

怒地厲喝道。

「曲九江！」柯維安瞬間變了臉色，音量也一併拔起，「你是想被小白痛揍一拳嗎？小白是你的神，難道你還不清楚小白是怎樣的個性？別說你想讓他失望！」

曲九江抿直唇，臉部線條收緊，像在極力壓抑著什麼。

「我們先找末藥。」柯維安又說。

曲九江瞳孔收縮，眼底的冰冷焰火霎時像要翻騰起來。

然而柯維安搶先一步喊道：「小白會跟末藥一起行動的，相信我！」

「小安？」

「維安大人？」

環視過眼露詫異的蔚可可和珊琳，柯維安再度筆直地迎視向似乎怔住的曲九江。

「假使我們幾個人沒有先會合，我還無法肯定……可是我們五個人都碰在一起了，只剩下小白和末藥不知下落。而符廊香，想必不會讓他們分別落單的。」

「什麼意思？」

「符廊香樂於傷害他人，或帶給別人絕望，尤其是在有其他觀眾的情況下……你們懂嗎？她喜歡讓人……」柯維安嚥了嚥口水，臉上閃過即逝的難受，彷彿接下來要說出的話令他感到不適。

「看著她如何傷害其他人……特別是看著的那個人，和她傷害的對象之間有著情誼，友情、愛情、親情，怎樣都好。因為如此一來，就可以帶給不只一個人痛苦。」

「我好像，明白小安你的意思了……」蔚可可乾巴巴地說，俏臉因為不愉快的想像而發白，「如果符廊香真的想傷害宮一刻或末藥，那麼她會要有觀眾。我們幾個人都在這裡，所以宮一刻他們最有可能成為彼此的……」

最末的兩字哽在喉頭，蔚可可搗上嘴，發出像是呻吟的音節。

「我會燒了她。這次，無論如何都要燒得她連骨頭也不剩。」曲九江慢慢地說，悅耳的嗓音卻滲出無止盡的陰冷。

那是即使烈焰環繞在身邊，也沒辦法消融一分的森森寒意。

隨著最後一字落下，曲九江冷不防大步走向珊琳，在眾人錯愕的視線中蹲下身子，伸出未被火焰攀爬的那隻手。

就連另一隻手臂上的火焰也褪爬至指尖的位置，進而改在他的身外浮立。

「我相信我抱著妳，會比妳用那雙短腿行動還要快得多。」曲九江面無表情地說。

柯維安得費好一番力氣，才沒有將驚呼喊出來，但他的內心還是呈現激烈的活動。

靠靠靠！眞的假的？那個唯我獨尊的曲九江耶！天要下紅雨了嗎？爲什麼能抱珊琳小天使的不是我！

「不要再浪費無謂的時間了！」曲九江冷聲喝道。

珊琳眼中的吃驚消失了，她立即張開手，主動抱上曲九江的脖子。也只有她，在曲九江抱著自己站起來的時候，聽見那聲低得不能再低的道歉。

「剛剛的事，很抱歉。」曲九江沒有看向臂彎中的山精，可是他淡銀的眼瞳中流洩出一絲懊惱，像在對自己生著悶氣。

珊琳愣了愣，接著露出稚氣的笑容，她小小聲地對曲九江說：「沒關係，我們一起努力找到小白大人吧，然後替百罌一起和小白大人並肩作戰。」

曲九江勾起唇角，揚起一抹短暫卻發自眞心的笑意。

柯維安看得出曲九江和珊琳說著悄悄話，但猜不出那一大一小究竟在說些什麼。他摀著胸，感到羨慕嫉妒恨的心情就像泡泡般湧出。

「可恨啊，要不是體力不足，抱著珊琳跑的話我也……」

原本要說的「可以」兩個字還沒吐出，一隻大掌就先壓在柯維安的腦袋上。

「體力不足，身高也。」黑令扛著銀紫旋刃，居高臨下地俯望著柯維安，灰眸裡沒有嘲笑意味，就只是平淡地陳述事實，「嗯，不忍說。」

柯維安剎那間體會到殺意橫生的感覺。

不忍說、不忍說……

「不忍說個毛線啊！你這規格外生物還不趕快滾到最前面，和曲九江一起開路！」要不是場合時間都不允許，柯維安一定要揪著黑令的衣領，暴跳如雷地要求直接單挑。取而代之的是，他踢了黑令小腿一記，把人踢到前方。

黑令似乎不覺得痛，慢條斯理地打了個呵欠，巨大的旋刃改提在身側。

「小安，我們就負責殿後吧！」蔚可可湊過來，開朗的笑靨裡還能見到堅定的意志。

柯維安抓抓被弄亂的鬈髮，隨即也咧開笑，眸子炯亮有神。

當綠髮棕眸的山精在下一瞬間高喊——

「左邊！」

那清亮的童聲如同吹響的號角，宣告著行動開始。

絢爛的銀紫色旋刃揮出，緋紅火焰緊追在後。

一行人毫不遲疑地在強行破開的道路上疾速奔走。

第四章

哎啊……

幽幽的嗓聲像是呢喃，像歌唱般拉長了尾音，夾在流動的空氣中，似遠似近，又似乎無所不在。

很快地，那聲音又變成清脆的咯笑聲，宛如多枚鈴鐺搖動著。

嘻嘻、咯咯。

那明明是優美的少女聲音，然而落在深幽的綠色迷宮裡，卻只教人感到一陣毛骨悚然。

一刻沒有因爲聽見那詭譎的笑聲，而停下前行的腳步。

自從他和末藥一同結伴在迷宮裡行動，一路上已多次聽見這笑聲響起。但不管怎麼尋找，都是只聞其聲，不見其人。

久了，一刻和末藥乾脆保持警戒，但不再多加理會那陣笑聲。

確實如柯維安所猜測的，一刻和末藥被扔到同一處地方。

符廊香顯然沒有要讓人直接摔死的意思，即使是從高處墜下，迎接一刻他們的，既不是堅硬的地面，也非骨頭斷裂的可怕聲音。

堅韌的樹木枝條半路從迷宮牆壁裡伸展出，像是手臂般攔截住那兩抹墜落的身影，再將他們丟了下去，讓他們跌至地面時，雖感受到一定程度的疼痛，卻不會有大礙。

就算沒有斷條胳膊或少條腿，自身下傳出的痛楚仍然令一刻險些爆出髒話。等到飛轉的金星終於從眼前消散大半，他才摀著作疼的腦袋，坐起身子。

緊接著，一刻看見末藥站立在他的身旁。

綠髮碧眼的清俊男子似乎未被疼痛困擾，他身上的衣飾甚至沒有絲毫破損，不像一刻的上衣被樹枝勾破了多處。

這名由山神留下的思念體正默不作聲地仰頭看著上方，失去柔和笑意的側臉乍看之下愈發與一刻相似。

一刻下意識地摸摸臉龐，不由得生起一股「再過幾年後，自己也會變成那樣嗎？」的念頭。但很快地，他就將這無意義的想法揮開，迅速從地面跳起。

隨著末藥的視線望去，一刻本來就不可親的臉孔頓時更是繃得死緊，眼神凌厲。

從他們目前所在位置抬頭向上看，昏黃色的天幕被近乎參天的植物牆切割成窄長的一塊，但依然可以看見天空不只是昏黃，還有妖異的桃紅分布其上。

荊棘狀的粗大花紋倘若再深上一分，便會像吸滿紅血的血珊瑚。

就算只能窺見花紋部分，一刻仍舊一眼能辨認出那是什麼。

這並非他第一次見到。

就在寂言村的符家，他曾親眼目睹過——那是「唯一」的封印之一。

當時展露出原貌的封印，就像一座巨大的齒輪鐘圖陣。一旦它的指針前進，直至到底的話……

一刻不知時針走到底會發生什麼事，那時候是安萬里借助了灰幻和曲九江的力量，將指針重新推回，使之回歸傾絲的體內。

而在傾絲過世後，那封印似乎已移轉到下一任情絲一族的族長身上。

「一刻，你知道那是什麼，對吧？」末藥輕聲地問，「我沒想過，原來在這片土地上，居然存在著這樣的東西。它讓我感到不祥、強大……」

「『唯一』……我不曉得你有沒有聽過？」一刻啞聲地說，想起了「唯一」是對妖怪而言的災禍，也許身為山神的末藥對此並不了解，「那是『唯一』的封印之一。它被分成四等分封住，我沒想到其中一個就是在繁花地，我們一直在潭雅市尋找它的下落。」

「『唯一』……」末藥喃喃地重複，可在下一秒，從他口中吐出令一刻大吃一驚的名字，「蒼淚嗎？」

「你知道？」

「我確實知道一些，畢竟她在妖怪間是傳說中的大妖怪，年長一點的就會聽過她的名字。我雖然看起來年輕，但也曾存活了好幾百年哪。」

「我從沒想過你的年紀小，又不是沒看過披著蘿莉皮，但歲數破千的神。」一刻撇撇唇角。雖說覺得末藥用「妖怪」來舉例有些奇怪，但也沒多在這上面打轉。

他的眉頭旋即擰了起來，「我猜符廊香會入侵宿鳥，可能是要衝擊封印，只是她會怎麼做，我還想不出來。不過有件事，我是敢肯定的。」

一刻眉眼倏地變得狠戾。

「我們動作再不快的話，就什麼都完了。」

無論是阻止封印遭破壞，無論是救出符芍音，關鍵點全取決在「時間」上。

他們不能耗，也沒有多餘時間可以耗。

而顯然就是吃定這一點，符廊香才會把他們所有人都丟進這座令人分不清東西南北的龐大迷宮裡。

放眼望去，盡是攀繞植物、栽立樹木的高大牆壁環列，除了綠色還是綠色。

照理說該是令人覺得賞心悅目的色彩，眼下卻散發出難以言喻的陰森，與陰影融合在一起，彷彿隨時要將困在裡面的弱小獵物一舉吞噬。

末藥自然也明白，他點點頭，掌心上突生青碧光點。轉眼間，一桿如修竹的青色長矛已被他握在掌中。

接下來末藥做出的舉動，卻大出一刻的意料。

綠髮男子猝不及防地將長矛往空中擲射出去。

「末藥？」一刻詫異地喊。

修長的碧色一往直前地破空而去，彷彿不會停歇。

但就在長矛即將超越過巨牆的高度之際，令人措手不及的異變橫生。

矗立兩側的牆面就像有所感知，高度猛地自動暴增。不論長矛飛射得多高多遠，一直被籠於植物牆投映下的陰影之中。

迷宮的牆壁始終高出一截。

下一秒，末藥的手往虛空一握。

高空處的長矛驟消，再出現時已回到末藥手中。

隨著上方不再有事物試圖突破，拔高的牆壁也回復原來高度，宛如什麼異狀都不曾發生。

一刻頓時明白過來，末藥是在測試從迷宮頂端強行直接穿越的可能性。

結果也相當明顯——

此路，不通！

一刻倒沒有為此感到沮喪，那名狡猾的鬼偶少女不可能沒算計到這點。況且他的信條向來就是，既然此路不通——那就換路！

與一刻銳芒閃動的凜厲眼神不同，末藥碧色的眸子看起來冷靜，令人想到沉穩的山林。可是在最底處，其實燃動著一份不退卻的堅毅。

「一刻，我們從這方向走。」末藥毫無猶豫地舉起長矛，尖端直指向左側的通道，「我可以設法感應到珊琳的氣息。現在我和她的本質，說起來是相同的。找到她，我就能再偕同她之力，施下術法。到時，或許就有辦法讓繁花地回復正常……不，應該說拚盡我全力，我也一定會讓它回復。」

現在的……我？現在，是指思念體的身分嗎？還是……這透出微妙突兀的句子，讓一刻心裡一怔，隨即又把它擱到旁邊去。

現在最重要的只有一件事。

「聽起來是不錯的法子。」一刻拉開氣勢高昂的笑容，無名指上橘紋瞬閃，長如利劍的白針被他一把抓握住，「那麼，就這麼幹吧！」

彷彿受到身旁白髮男孩感染，末藥也忍不住露出笑意，緊接著簡潔有力地低喝一聲。

「走！」

一綠一白兩抹人影隨即飛快跑起，在這座不知盡頭、也不知起始是何處的大迷宮裡四下穿梭。

縱使巍峨的高牆如同層層打穿不了的障壁，不僅遮擋視線，也從上方投下強烈的壓迫感，但末藥與一刻前進的速度全然不曾因此停滯。

由末藥帶頭領路，一刻緊跟在後。

兩人的行動行雲流水，前行、右拐、左彎、再前行，沒有出現一絲一毫的滯礙或躊躇，簡直像對這裡頭錯縱複雜的道路胸有成竹一般。

一路上，除了兩人疾速奔跑的踏地聲和氣流拂過枝葉的些許沙沙聲外，似乎再也沒有其他聲音。

這座龐大的綠色迷宮像是吞噬了一刻同伴們的行蹤，也將大多數聲音吞吃得一乾二淨。

一刻他們甚至沒遇上任何敵人。

這過程著實順利得詭異。

面對周遭的平靜，一刻與末藥並未掉以輕心，沒有人知道這是否是山雨欲來前的徵兆。

利用機會，一刻邊跑邊問出存在他心底好一陣子的疑問。

「末藥，宿鳥是山茶花精對吧？雖然她現在被符廊香入侵，但她的本體……」

「你是想問，如果攻擊本體的話，是不是就能令宿鳥……不，令那名瘴異也受創？答案是——不行。繁花地的那株山茶樹確實孕育出宿鳥，但宿鳥不可能沒考慮到一旦本體遭受攻擊，自己也會受傷。所以後來我幫她將晶核轉移……現在的宿鳥，就是所謂的本體。」

一刻本來就只是抱著姑且一試的心情問問，即使獲得否定的答覆，也並未就此氣餒。

冷不防間。

哎啊……

一道幽幽的呢喃聲平空乍現。

奔跑中的兩人煞住步伐，警戒地審視左右。可等了數秒，卻不見異樣出現。

一刻和末藥對視一眼，再度果斷拔起腳步，繼續前奔。

有如要戲弄兩人般，那道清脆的少女嗓音不時響起。

呵呵、嘻嘻……

咯咯咯……

漸漸地，笑聲出沒得愈發頻繁，從短暫的咯笑聲連綿成哼唱似的長調。

哎啊……

一二三，木頭人。

一二三，木頭人。

最後終於化為怪誕悚然的歌謠。

一二三，木頭人。一二三，木頭人。

有了木頭，塞了魂，三二一，就成人。

少女的歌聲如影隨形、無所不在，詭異的歌詞令人不由得心頭一悚。

一刻反射性地就想到了符廊香，那名鬼偶少女最初也是如歌詞內容般被創造出來的。

下一瞬，歌聲驀地拔起，像是少女和小女孩的聲音一併高唱。

可是啊，可是啊，

沒有身，空有魂，成不了人。

那麼啊，那麼啊，

奪他身，有了魂——就成人！

就在歌聲霍然轉成歡快大笑的剎那，沿路以來的寧靜也跟著破碎。

從布滿暗綠植物的兩側牆面裡，猝然伸探出一雙雙蒼白手臂。柔軟的白色指頭如同海葵齊齊揮舞，可是指尖位置卻是鋒利如金屬的長長指甲。

只要閃躲得慢了，馬上就會被拉劃出一條深且長的血痕，更可能見骨。

「我操！」這驚悚的畫面當場讓一刻爆出髒話。

手臂竄出的速度飛快，一路緊隨一刻兩人，像是非要抓住他們，撕扯得四分五裂。

即使一刻他們跑得再快，仍有閃避不及的時候，皮膚上頓時迸裂多道血淋淋的傷口。

無視熱辣刺痛席捲，一刻反手揮出白針，轉瞬間數條手臂齊齊掉落，一觸及地面就又變成乾枯的樹枝。

但讓人意想不到的，攻擊竟然不只來自兩旁。

將心神放於周遭手臂的一刻一時不察，腳踝被一股力道猝不及防拽扯，頓時讓他失去平衡，身子狼狽往前撲摔。

「一刻！」

末藥大驚，撞入他眼中的赫然又是一截蒼白手臂，尖利的指甲抓破一刻褲管，深深陷入沒有防護的皮肉裡。

一刻瞪大眼，壓根沒想到地面附近竟然會冒出手臂。

此時，更多手臂破土而出，像是一片冷白色的花，將一刻包圍、覆蓋。只不過這花危險又致命，假使不立即脫身，只怕到時會留下一灘血肉模糊。

一刻知道情況危急，連忙想奮力掙脫。可扣住他腳踝的那隻手簡直力大無窮，不單深深刺進他的血肉裡，更深得即將觸骨。

劇痛令一刻臉孔閃過一陣扭曲，眼內是麻麻密密的蒼白手指逼近，似乎下一刹那，臉上就會感受到那股冰冷，然後伴隨更多痛苦而來。

說時遲、那時快，在那些手臂縫隙間，霍地鑽竄出難以計數的初綠光華。

它們宛若春季新芽般抽長出來，轉眼間就將地面上的手臂全部勒纏住，使之動彈不得。就連抓住一刻右腳的那隻手，也被綠光強硬剝離。

感覺到銳物自血肉內拔出，一刻嘶叫一聲，眉毛絞得緊緊，但他隨即忍痛站起。

末藥長矛拄地，周身環繞著同色綠光。待一刻脫離險境，他毫不猶豫地舉起長矛，碧眸內閃過冷峻。

瞬間，青碧色光華一簇簇炸開，凡是被觸及到的蒼白手臂皆化爲粉末，像細沙般流落地面。

包括兩側植物牆上的手臂亦消失無蹤，徒留牆底一層白沙堆積。

末藥稍微放鬆繃緊的肩膀線條，注意到一刻的右小腿仍血流不止，將褲管染紅大半，他馬上手指在空中虛劃，一團柔和碧光頓現，像微風般拂過了一刻的傷口。

白髮男孩的腳踝頓時不再滲冒鮮血，被鋒利指甲抓刨出來的窟窿也縮小面積，看起來不再那麼怵目驚心。

但那張年輕的面孔，依舊布滿類似震驚且挾帶惶然的情緒。

末藥以為一刻的傷口仍在發痛，正要擔心詢問，卻發現對方目光動也不動地盯著自己。

當末藥看見自己的指尖不知何時褪成了半透明，他的心裡掠過了然，終於明白一刻為什麼會露出那般表情。

「我沒事。」末藥平和地說，「這只不過是必然會發生的結果。」

「什麼叫必然會發生……別開玩笑了！」一刻不敢置信地低吼，「是因為剛剛……」

「不是。」末藥截斷了一刻的話。他語氣平靜，像是長輩在開導不明事理的晚輩，「一刻，你忘了嗎？我只是思念體。」

一刻身體僵住，手指無意識攢成拳頭。

與末藥一路相處下來，他不知不覺竟忘記眼前這人，並不是實質意義上活在這世界……

「我最後一定會消失，只是時間早晚的問題罷了。」末藥沒有漏看一刻的表情變化，他語調放緩，近似安撫，口吻依舊有如在談論一件稀鬆平常的小事，而不是關於自身的存在與消亡。

「能夠撐到現在才出現這些徵兆，時間已對我相當寬容了。放心，我還不會那麼快就消失，我還有承諾要完成。」

「但是……」

「別露出那種難過的表情，一刻。」末藥微微一笑，眼神放得愈加柔和。

或許是因爲面前的男孩和自己有幾分相似，讓他不由得產生如同兄長般的奇妙心情。

「能夠認識你們，獲得你們的幫助，我很高興。我現在只有一個請求，一刻，幫我一起完成我的承諾，好嗎？」

即使沒有言明，一刻也能明白末藥心中所求。

拯救宿鳥，讓繁花地回復原狀。

一刻慢慢鬆開握得生疼的手指，正要點頭，乍現末藥身後的黑影令他瞳孔猛地收縮。

不是枯枝野獸……那是黑色的山茶花。

符廊香！

「末藥，小心！」

一刻身體本能地先動了，他近乎粗暴地扯過末藥，有驚無險地閃過瞬間伸展花瓣、如同一張大網欲捕捉獵物的黑山茶。

然而過度猛烈的勢頭，卻也讓一刻和末藥沒辦法立即穩住腳步。他們踉蹌地往斜後方撞了上去，可是預期中的硬實觸感沒有傳來。

相反地，他們像撞入一灘柔軟的泥沼裡，只能往後越陷越深……

直到像由軟泥塑成的枝葉、石牆再也支撐不住他們的重量，從中撕裂開一道大口，吐出兩道人影後，才又重新聚攏起來，回復原樣。

一刻本來以爲他們跌到另一條迷宮通道裡，但是眼下冰冷堅硬的灰色石板令他瞬間回過神來。

顧不得身上因爲撞擊而加劇的疼痛感，一刻急忙爬起，然後愣然地愣在原地。

一株碩大茂盛的山茶樹赫然出現在一刻他們正前方。

濃綠的葉片和繁密枝條交織，組成宛如亭蓋的形狀；然而點綴在枝葉中的花朵，卻已不是正常的茶花色澤。

闃黑染覆了所有花瓣，一朵朵黑山茶盛綻到介於極致與腐爛之間。

說不出的詭異，說不出的不祥。

在繁花地裡，唯有這麼一棵山茶樹存在。

樹下石板呈現扇形般往外擴展，其中一處還有一尊木頭人偶。詭譎的陣法線條分布在地面上，像是從地底滲散出來的黑色濃墨。

一刻反射性回過頭，巨大的綠色迷宮矗立在他們身後，高牆將內部景象完全隔絕。

沒有受到遮蔽的昏黃天幕，則可清晰見到組構成齒輪鐘圖陣的桃紅線條，歪曲的指針正緩慢但確實地前進著。

視野內所見到的一切，無不在提醒著一刻，他們又再度回到繁花地中央廣場的事實。

強烈的吃驚籠罩在一刻心頭，但下一瞬間，吃驚立刻轉爲高度警戒。

比他還要早一步站直身子的末藥，輕輕吐出了兩個音節。

「宿鳥……」

就是這兩個字，讓一刻繃緊了背，掌心下重新凝聚出白針，五根手指不敢大意地收緊，手背上還能看到一條條青筋迸冒。

在山茶樹橫出的一根結實樹枝上，一抹鮮紅如流火的纖細人影，無聲無息地側坐在上頭。

雪白的赤裸雙足有一下沒一下地踢晃著，艷麗的衣飾令人忍不住想到古時的嫁衣，長長的裙襬自樹上垂墜下來，底端邊緣卻滲著黑，像是拖沓著一道不祥的血痕。

同樣色系的紅頭紗遮住了人影的半張臉，只能從那滾著華美金紋的薄紗下，窺見對方的嘴唇及下巴線條。

眼前的一幕，彷如重現一刻等人初見宿鳥的場景。

只不過如今高坐在大樹上的，不再是嬌小的小女孩，而是體型、手腳都抽長得更成熟的少女。

「宿鳥……不，符、郎、香！」一刻咬牙切齒地厲喊出聲，「妳該死的又想玩什麼把戲！」

「呵……哎啊……」清脆的少女笑聲逸入廣場，接著白皙的手指揭開覆面的紅紗，露出的是——

完全迥異於宿鳥的一張臉。

猶帶一絲稚嫩的清秀臉蛋，淺淺的雀斑散布在兩頰和鼻尖上，該是水靈的大眼睛則被猩紅與渾濁覆蓋；彎起的笑意看似天真，卻掩不住裡頭的狡猾殘忍。

即使目睹了宿鳥被瘴異入侵的瞬間，也有宿鳥恐怕不會再是宿鳥的心理準備，但在眞正看清的剎那，末藥只覺胸口一緊，像是猝不及防地挨了一拳，心臟強烈地縮收著。

明明還是艷紅如嫁衣的衣裙披裹，但那是符廊香的臉。

天眞與惡意並存的鬼偶少女咧開笑，猩紅眼瞳裡的狠毒濃郁得像要滴溢出來。

「該死？你說我嗎，維安哥哥的朋友？」符廊香咯咯笑起，雙手撐按著樹枝，雙足仍在半空中踢晃。姿態就像無邪的孩童，只不過從她嘴裡吐出的字字句句，皆殘酷得不可思議。

「那怎麼行呢？維安哥哥都還沒死，我也捨不得死哪。更何況，我也還沒在哥哥面前殺了他的朋友。我知道他最喜歡你了，所以我會記得小心、不要太快弄死你，否則我就沒辦法見到維安哥哥他那張扭曲的臉啦。」

符廊香驀地放輕聲音傾訴，像懷抱著濃濃的情感。

「噢，我最喜歡……看見他絕望又扭曲的表情了，這才是最適合鬼該有的……！」

符廊香尾音驟消，熾白的迅烈光芒疾速撞入她猩紅與渾濁的眼眸底，只要再逼近些許距離，就能貫穿她的身軀。

但那束白光終究還是撲了個空。

樹上紅影消隱，再出現時已輕巧地落足在石板地上。

艷紅裙尾鋪展成不規則的圓，黑泥似的污漬好像又擴大了些，混著紅，更像一灘隨時要溢發猩氣的污血。

符廊香抬起頭，對上一刻戾氣暴溢的眼。

「妳他媽的最好管好妳的嘴巴。」一刻一字一字地說，手指抓住散逸光點復而聚合的白針，「免得老子扯爛它！」

「好過分，我明明也是維安哥哥的妹妹啊，我也是那麼喜歡他，喜歡得……巴不得將所有的絕望都送給他！」

符廊香猶帶青稚的臉龐上盛綻出甜美又猙獰的笑容。

「當然不只是他，還有你，還有末藥。小山茶花如果知道自己親手殺了最重要的人，她心碎而死的樣子，想必會非常美麗吧——」

伴隨著高亢到尖厲的大笑，污血似的裙襬頓成眾多長鞭，鎖定一刻和末藥甩射而來。空氣被撕裂，氣流被捲起，凌厲的音響恍如有人發出淒鳴。

鋒銳鞭尾將石板地抽打得石塊碎濺，那些邊角割人的大小石片全朝向一刻和末藥飛去。早做好防備的一白一綠人影飛也似地閃避，手上武器同時將那些或大或小的石塊揮擊開來，或是將之斬成兩半。

一時之間，廣場上的碎石就像飛濺亂舞。

沒想到就在下一剎那，廣場猛地震晃了下，幾乎令一刻他們站不住腳，手上的反擊也停頓下來。

而在這瞬間，暗紅長鞭猝不及防地使勁向下刺入地面，隨即整座廣場的石板竟片片翻掀起，避開了其中的木頭人偶，再有如骨牌般向外「嘩啦」倒下。

眼見石板如灰黑色大浪，來勢洶洶地逼近。一刻的反應也不慢，當下就要一個箭步縱躍上其中一塊，欲將那些傾倒中的成排石板作爲路徑，闖過飛舞的紅鞭之網。

但是有隻白皙修長的手臂，出其不意地拉住了他。

「到我後面。」末藥低喝一聲，他的嗓音在這情況下仍未失去平和，散發出屬於年長者的威壓。

那是個不接受反駁的命令句。

一刻的動作不由得頓住，頓時被意想不到的強悍力道扯拽到後方。

末藥沒有再分神給身後的白髮男孩一眼，他握緊青碧色長矛，在石板如大浪要兜頭覆住他們的瞬間，青矛分解成數股碧光，飛速向四面八方彈出。

光與光之間鍊接上極細的同色光絲，乍看之下，末藥和一刻的頭頂上方就像有一層防護網圈圍住他們。

綿延的石板衝撞上光罩，同一時間，那層碧綠光華猝然膨脹，竟逐漸將石板擠壓回去。

下一秒，末藥抬高手，以悍然的氣勢朝下一揮。

光華彈炸開來，驚人的勁道一口氣將立起的石板盡數掃平。

磅、磅、磅！

所有石板倒了回去，除了先前遭到紅鞭破壞的窟窿，廣場上彷彿什麼也不曾發生過。

青碧光芒轉眼又回歸至末藥手上，變成修竹般的一桿長矛。

符廊香和末藥他們之間再也沒有障礙物遮擋。

紅衣少女的眼眸裡流露出一絲驚異，像是沒有預料到，就算僅僅是逝去山神留下的思念體，竟還擁有如此強盛的力量。

可是很快地，符廊香眼中的驚異隱沒，取而代之的是愉快狡猾的笑意。

「哎啊，我還以爲眞的很了不起，結果到頭來，原來只是強弩之末。」符廊香掩著唇，清脆的笑聲帶著惡意，毫無遮掩地流洩出來，「你覺得，你能撐得了多久呢？哪，宿鳥最喜歡的末藥。」

末藥面無表情地迎望回去。

符廊香不祥的笑語讓一刻一悚，他馬上反應過來，大步衝至末藥身側，映入眼內的景象當場令他湧上一絲顫慄。

末藥的左手手指，差不多都成了透明。

末藥留在這世上的時間正在縮短。

「不要忘記我說過的話。」即使自己的左手似乎隨時會失去僅存的輪廓和淡色，末藥仍然不見動搖。他像是看穿一刻的內心，語氣迸出嚴厲，「一刻，你答應過我的對吧？」

一刻咬了咬牙根，將手指捏攢到發疼再放開，接著他毅然地點點頭，凌厲目光狠狠刨刺向符廊香。

符廊香輕歪著頭，神態透出天真爛漫，可是她身下的暗紅裙襬正無止盡地延伸、再延伸，如同血海漫滲。

詭異的事發生了。

地面上的黑闃陣紋被血色沖淡，緊接著一縷縷飄起，快速地往木頭人偶鑽進，在它身上烙下無數交錯的痕跡。

「陣法進入第二階段了，維安哥哥的朋友，你們要加把勁才行啦。」符廊香紅袖一揮，木頭人偶眨眼間被移轉到山茶樹下。

乍看之下，就像是有誰靜靜地倚靠樹幹沉睡著。

廣場地面上的血色還在擴染，隨後從那像是紅血的裙襬內，竟然鑽冒出一道道人影。

同樣披著嫁衣似的紅衣裙，同樣戴著繡有金邊的紅頭紗，但是頭紗下的臉赫然是光潔平滑的木頭。

沒有五官的木頭人偶搖搖晃晃地往前走，它們的動作起初是僵硬的，四肢就像少了潤滑的齒輪，每每擺動還能聽見「嘎吱、嘎吱」的刺耳聲響。

可是當它們走了三、四步，動作變得靈活；走了五、六步，空茫聲從它們體內振動發出。

啊——

身披紅嫁衣的木頭人偶齊聲高唱。

一二三，木頭人。

一二三，木頭人。

有了木頭，塞了魂，三二一，就成人。

可是啊，可是啊，

沒有身，空有魂，成不了人。

那麼啊，那麼啊，

奪他身，有了魂——

人偶們猛地扭過脖子，還能聽見那使人牙齒發顫的「卡嚓」聲。

雖說不見五官，但尖銳的視線感如針般戳來，緊緊鎖住一刻和末藥的方向。

一刻沒有浮起不祥的預感，是浮起「操他媽的這也太不祥了」的預感。

「——就成人！」

伴隨著宛若猛獸的咆哮，數十名紅衣人偶不約而同地縱身飛出，它們的手臂是詭異的黑色，手指的部位形如獸爪。

只不過等到人偶們遽然揮出長臂，「獸爪」的印象頓時被推翻。

漆黑的手指倏地伸展，自掌心撕裂開大口，整隻手臂頓時如食人花分裂爲數瓣，每一瓣都有若觸手，靈活飛快地纏捲向一刻和末藥。

比起單純的物理性攻擊，擁有意志的敵人更加棘手，尤其敵人還不單只有一個。

驚險閃躲開自上下襲來的觸手，一刻足一沾地，立即再飛快後退。前一秒他所站的位置，這一秒就被一束幽青色猛烈鑿穿，石板當場迸裂。

但那抹顏色，並非屬於末藥。

不同於山神力量的柔和碧光，趁隙偷襲一刻的青色顯得妖異幽暗。

「幹！」一刻咒罵出聲，臉上卻拉出猛獰凶暴的笑容，眼底的戰火甚至比廣場上的那抹赤紅還要熾烈。

一刻不可能認不出那是什麼。

那是情絲一族的絲線，危險、殺傷力強大，唯有鳴火才能徹底摧毀。

既然毀不得，那就一再地斬斷吧，或者——

「符廊香，老子絕對會宰了妳！」一刻狠狠往脖子前一劃，對符廊香做出了一記拇指向下的手勢。

「宰了我？嘻嘻，哈哈哈，有辦法就來呀！」佇於山茶樹下的紅衣少女像被逗樂一般，笑得樂不可支。「維安哥哥的朋友，首先你得確保自己能活下來才行，否則就會錯過精彩的祕密了。還有，你也就不會知道我到底是吃了情絲一族的誰啦！」

符廊香彎腰大笑，笑聲一聲高過一聲，簡直像淒厲的詛咒。

然後，那些高亢的情緒轉眼間全數被剝離。

符廊香霍地揚起頭，猩紅右眼和渾濁左眼直直望著一刻，呈現出異常的冷酷和顛狂。

「祭典之夜你們逃過了，但最後你們誰也逃不了，你們都將成爲『唯一』的一部分。」

第五章

一刻的思緒停頓剎那，某種難以形容的違和感掠過心頭。

此時出現在那雙異色眼瞳內的冷酷與顛狂，一點也不像是符廊香該有的，反而更像……

在乞月祭裡灰飛煙滅的情絲！

那名青髮女子縱然噙著妖媚的微笑，眼中自始至終卻都缺乏溫度和感情，唯有瘋狂不住流轉。

可是情絲早已不在，難道說當初曾留下骨灰……再被符廊香尋得機會吃下了？

這荒謬的念頭在一刻腦海一閃晃，就被他粗魯地先按壓在一旁。

因爲又有大量青色絲線平空浮在空中，它們絞擰在一起，聚集成一桿桿鋒利長槍。

暗青色的尖端似乎還折閃出森冷的光輝。

「一起玩吧，維安哥哥的朋友！當日你賦予我的，今天我會加倍地、通通回報到你身上啊！」符廊香張開雙手，十指彷如指揮樂曲般輕巧飛舞，稚氣未脫的臉蛋上洋溢著歡快的笑容，先前的冷酷和顛狂好似曇花一現的錯覺。

無數暗青長槍有如一場急下的驟雨，密集往一刻所待的區域墜落。

那些圍逼上來的紅衣人偶，則像能事先預知長槍的墜落點。它們踩著飄忽的步伐，身影如同鬼魅，在短短時間裡繞過暗青長槍，變異的黑色觸手似蛇般快速欺近。

如果只是面對其中一方的攻擊，一刻尚能應付，偏偏兩方的夾擊來勢洶洶，頓時令他陷入左支右絀的險境。

眼看擋掉了前方觸手，卻防不了上方的長槍，千鈞一髮之際，大量青碧光點遽然趕到。光點就像一陣閃著碧光的風暴，迅急橫掃過那些只離一刻不到數十公分的銳物。

「一刻，往左退！」帶著清澈感的嗓音霍地大喝。

一刻本能行動了。他的身形剛往左側一閃，說時遲、那時快，另一道碧色疾如風、勢若雷地到來，毫無滯礙地貫穿了第一個紅衣人偶。

然後是第二個、第三個……

爲了避開空中長槍，部分人偶們依循著相同的路徑，但如此反倒暴露出容易被一口氣擊殺的破綻。

當鋒利的矛尖從距離一刻最近的人偶體內穿出的剎那，令人聯想到翠綠山林的人影也已來到一刻身旁。

末藥神情沉靜，宛如無波的深深潭水，但無形的壓迫感同時也跟著釋放出來。

末藥張開手指，修長的青矛立刻完全脫出。

胸口被貫穿出窟窿的人偶接二連三倒下，紅色衣裙包圍著它們，就像沉浸在血海之中。

一刻強迫自己不要去看末藥手臂的半透明蔓延到何種程度，他現在要做的，只有幫助末藥完成承諾。

救出宿鳥，救出符芍音——還有宰了符廊香！

會合的綠髮男子與白髮男孩只在原地停留極短時間，旋即兩條身影如離弦之箭般疾竄出去。

白針凶猛強悍，青矛優雅卻又飽含凌厲。

面臨青絲與紅衣人偶試圖再圍擊，兩者在瞬間又迅速配合，不讓敵方有機可趁。

符廊香臉上的惡意微笑仍在，然而煩躁就像一簇燃起的火苗，逐漸壯大火勢，燒得她的雙眼內翻騰起狠毒的殺意。

她都已入侵宿鳥，奪得她的身體和力量，爲什麼還拿一名神使和區區的思念體沒辦法？

她是鬼，是瘴異，是符廊香，也是……

她應該能易如反掌地殺了他們才對！

符廊香上半部面容起了詭譎的變化，暗綠的葉片抽長，闃黑的花朵綻冒，難以言喻地駭人。

寬大的紅袖乍地揚起，被斬斷而四散各處的青色絲線如蛇蠕動，接著飛也似地重新擰絞成眾多長槍，勢必將其中的白髮人影扎穿出無數的血窟窿。

但符廊香萬萬沒預料到，一刻居然一個箭步蹬地躍起，將空中的長槍槍身當成了通路。

白髮男孩手持白針，腳下疾速不停。不過一晃眼，他與符廊香之間的距離便縮減泰半。

越來越近，更近！

符廊香眼眸大睜，危機感像隻無形的冰冷大手，驟然使勁地掐住她的脖子。

「別想得逞！」符廊香尖厲高喊，暗紅裙襬霎時像難以計數的紅蛇往上衝竄，張牙舞爪地朝一刻發動攻擊。

去路被阻的一刻也不退縮，他當機立斷地加速，凌空跳起，一掌抓住一束紅布，借力往前奮力一盪。

那條矯捷的身影立刻穿梭過空隙，與此同時，白針被他捉握在雙掌中，左手背上是繁複的橘紋蔓延。

一刻眼中凶氣大漲，他使上全力，沒有絲毫遲疑地瞄準符廊香，白針重重刺下——

但是，刺進的只有一團空氣。

什……！一刻愕然，可不待他扭頭，背後已猝不及防地挨上猛烈一擊。

「一刻！」被剩餘人偶包圍的末藥剛好望見這一幕，焦灼讓他失聲大叫。可是層層疊繞的紅紗卻阻止了他的前進，使他無法在第一時間給予援助。

疼痛在一刻的背上火辣辣地炸開，那一擊甚至將他整個人搧飛出去，直到撞上某堵硬物，才狼狽地從高處摔下。

強烈的撞擊讓一刻腦海有瞬間空白，耳邊嗡嗡作響，一口氣險些緩不過來，暈眩和反胃感爭先恐後地找上他，肆無忌憚地彰顯自己的存在。

好半晌過去，一刻才終於聚集焦距，視野由模糊漸漸回復清晰。

披裹著紅衣的鬼偶少女就在前方，對他盈盈笑著，笑容甜美惡毒。

上一秒躁動的暗紅裙襬此時就像溫馴的蛇，靜悄悄地垂散在地面。

「我不是說了，別想得逞不是嗎？」符廊香如唱歌般說道：「維安哥哥的朋友，你怎麼會傻得以爲，我會乖乖站在那裡任你攻擊？哎啊，我希望我剛剛沒有太用力……唔，好像還是太用力了一點呢，嘻嘻。」

符廊香猶如做錯事孩童般吐吐舌，但眉眼間的殘酷無論如何也消不去。

一刻有些艱困地倚著身後的硬物站起，掌心下凹凸不平的觸感讓他下意識回頭，映入眼內的是盛開滿樹黑山茶的山茶樹。

原來他先前的那一撞，是撞到樹幹了。

操！怪不得會那麼痛！一刻咬牙嚥下吃痛聲，不管全身上下都像在抗議般傳來痛楚，仍舊毅然重新挺直身子。

但就在一刻轉回頭的剎那，他捕捉到符廊香一閃即逝的動搖。

那抹異樣的情緒轉眼就消失了。

可是一刻很肯定，自己沒有看錯。

是什麼原因讓符廊香露出那樣的表情？因爲自己靠近那具爬滿黑紋的木頭人偶？

不對！一刻迅速推翻這個想法。

符廊香曾言明，一旦術法遭到中斷，符芍音的生命也將跟著不保，所以她不可能是在擔心那個人偶會不會遭到破壞。

如果不是人偶，就可能是自己剛才的某個舉動，讓她感到了……威脅性？

而他方才唯一做過的事，就是倚靠著樹幹借力站起……

一刻的記憶倏地被觸動，他想起末藥曾告訴他，繁花地廣場的山茶樹早先是宿鳥的本體，但在宿鳥將力量結晶的晶核轉移出來後，那就只是她單純的棲息之地。

就算攻擊樹木，也沒辦法對她造成傷害。

既然如此，符廊香爲什麼會因自己的靠近而流露動搖？

只有一個可能性。

無視疼痛，一刻扯出凶狠的獰笑，「妳的尋寶遊戲看樣子要到此結束了，符廊香！」話聲未落，一刻掌中乍現熒白光點，轉瞬成形的白針以銳不可擋之勢，粗暴地捅進山茶樹的樹幹深處。

符廊香甜美的表情迸出裂縫了。

「你這可恨的神使……看看你做了什麼好事！」異於少女嗓音的粗厲咆吼湧了出來。

符廊香手臂揮甩，剎那間竟成非人的異形大爪，每一瓣撕裂的觸手前端皆再分化出新一輪觸手，最末是尖銳的利齒環成一圈，如同八目鰻的嘴巴。

只要一被咬上，就是鮮血淋漓，皮開肉綻。

彷如受到符廊香的憤怒驅使，原本和末藥纏鬥不休的紅衣人偶當場抽身，轉向山茶樹下的一刻圍逼。

只是不管符廊香及人偶的速度再怎麼快，也阻止不了接下來發生的事。

隨著白針幾乎沒入，針身周遭的樹幹瞬間像是受到風化，乾燥薄脆的表層旋即有如細沙，嘩啦嘩啦地一路塌陷，逐漸暴露出藏於內部的身影。

一二三四，三名陌生少年與一名白髮小女孩擠靠一起，細長的樹根綑繞住他們的身體、手腳，將他們束縛爲一個極不舒服的姿勢。

四人雙眼緊閉，彷彿感受不到外界傳來的任何動靜。應該飽滿健康的皮膚呈現些許凹陷，血色也從臉頰上褪去，就像是精氣遭到抽取。

一刻雖然認不出另外三人是誰，但從人數上來看，還是快速地猜到對方或許就是昨日潛入繁花地的三名高中生。

包含符芍音在內，四人虛弱的模樣令一刻生起怒意。無視危險逼近，他不假思索地撕扯起那些纏著符芍音他們不放的樹根。

手背布滿神紋的左手對樹根來說，像是一團灼燙的烈火。它們飛也似地退開，退得慢的，一旦被抓握住，就是滋滋聲溢響，煙氣冒出。

與此同時，山茶樹下的木頭人偶身上，黑闃紋路正逐一減少中。

阻止他，阻止那個該死的神使！最完美的人偶眼看就要完成了啊！符廊香的面孔滿是猙獰，殺意暴漲。

沒想到就在這瞬間，沉重的異響無預警傳出。

猶如龐然大物重重墜落在地面上，轟然的音響簡直像要激起千層浪。

怎麼回事？符廊香大驚，忙不迭地扭頭，闖入她視野中的，竟是迷宮牆倒塌，崩裂出一道大口的驚人景象。

符廊香瞳孔收縮。

緋紅烈火沿著植物遊走，將試圖阻擱的枝葉燃燒殆盡。

她不可能認不出那火焰，那是鳴火……那個卑賤的半妖居然強行破開她的迷宮……不對，不只是半妖……狩妖士、神使、山精……

維安哥哥！

他們竟然出來了！

「阻止他們！」符廊香尖聲大吼。

紅衣人偶隨即轉向，像是拖沓著紅血的飛鳥，齊齊飛掠向迷宮缺口。

符廊香收回畸異的駭人觸手，身形瞬息間像污紅的花瓣散落，消失在一刻前方。

一刻根本無暇抬頭搜索符廊香的去向，他接連將樹內的人們大力扯拽出來，就怕自己動作稍慢，就可能對符芍音造成無可避免的傷害。

「末藥，快幫我看看他們的情況！」任憑汗水混著擦傷處的血漬淌落，一刻焦急地朝趕來的綠影喊道，但他看見的卻是綠髮男子驚駭交加的神色。

末藥瞪大眼，有如目睹了某種可怕的畫面。

就在一刻身後，污血般的人影平空出現。浸染著深暗的長裙不斷鋪展開來，如同薄薄的影子，流滲入一刻腳下的土地，使他看起來像踩在血泊之上。

緊接著血海翻湧，竟要將一刻一舉吞噬。

「一刻！」末藥的青矛幻化爲堅韌長藤，迅速急捲上一刻手腕，「快抓住它！」

一刻知道只要反抓住藤蔓，就能順利脫身。

但這樣幫不了宿鳥，幫不了感情被情絲力量抹去的山茶花精。

就算最後消滅了符廊香，沒有回復的宿鳥還是會重複做出同樣的行爲。

她也永遠無法眞正地看見末藥的存在。

一刻想起水瀾，想起自己曾誤打誤撞找回水瀾被情絲抹消的記憶。

如果只有被吞噬，才有辦法找回她們失去的記憶或情感……那麼，就這麼幹吧！

抱歉。

一刻用口形說出這兩字，隨後義無反顧地一針將藤蔓削斷，放任自己被重重血色吞沒。

同時，這也是柯維安等人在擊敗紅衣人偶、衝過來後所看見的第一眼影像。

驚恐的吶喊剎那間響徹整座廣場。

暴烈奪目的鳴火火焰更是滔天衝起，映亮符廊香凍結住得意笑容的臉龐。

□

這已經不是一刻第一次被瘴或瘴異吞進體內了。

認眞算起來，這是第三次。

不過相較先前兩次中途就喪失意識的經驗，這一次，一刻卻是全程保持清醒。他清晰地感覺到自己正往下沉，不斷地下沉，宛如要沉到一個無底的深淵之中。

四周是一片純粹的漆黑，伸手不見五指。

如果不是身上多處傷勢仍傳來火燒般的疼痛，一刻幾乎要產生自己也要融解在黑暗中的錯覺。

或者說，這裡更像是一潭深幽的黑水，類似液體的冰冷觸感環繞、貼附。

但是一刻發現自己還能順暢呼吸，他迅速穩定心神，知道自己已經來到瘴異體內。

必須在被符廊香察覺不對勁之前，盡快完成他的目的。

像是呼應著一刻的想法，他的左手無名指乍現一圈光輝。橘色神紋好似植物枝蔓攀繞，再沿著指根位置延伸，散布在手背上。

當身邊的黑暗被神紋的光芒驅逐部分的同一時間，一刻眼尖地注意到，在遠方幽暗一角驀然閃動出一小簇光芒。

那光雖然微弱，但因無邊的黑暗映襯得格外明晰。

直覺地，一刻認定自己該往那個方向前進。

他小小吸了一口氣——他可不敢吸太大口，天知道會吞進什麼莫名其妙的東西，這可是在瘴異的體內——接著雙臂奮力划動，雙腳配合手臂的動作踢蹬，快速朝微光閃爍的位置游去。

那簇光芒像棲佇在搖曳的水草上般，不時輕輕擺晃，將本就微小的光拉曳成一片模糊。

隨著一刻離那光源越漸靠近，他感到幽暗裡有誰的呼喚一縷縷飄出，像氣泡一樣，在聲音真正轉爲清晰之前，又猝然破碎。

但即使如此，一刻還是隱約聽出來了。

稚氣又空茫的童聲說著：

「末藥、末藥、末藥……」

那是宿鳥的聲音。

當一刻近到終於能看清光源時，他馬上發現光芒是從層疊交纏的青色絲線後方滲透出來的。

青絲包裹成球狀，彷彿想盡力隔絕光芒的外溢，但終究還是有些許流洩了出來……

就是這個，和當初水瀾體內見到的相同！

一刻想也不想地伸出手，往青色絲球抓去，即使掌心瞬間傳來刀割般的刺痛也不鬆開。疼痛愈發劇烈，令一刻臉色刷白，額際也滲冒出冷汗。他的眉毛緊皺，臉孔線條綳得凌厲凶煞。

可是一刻完全沒有打算鬆手。

他手指力道加重，手背上浮冒出一條條青筋。他必須緊閉著唇，否則吃痛聲就會控制不住地衝撞出來。

就像在逼使一刻放手一樣，青球帶來的痛楚一波比一波凶猛。

彷彿一刻碰觸到的並非光滑的絲線，而是一個由無數刀片組成的球體。

一刻眼角像被戾氣染紅，左手無名指和手背上的神紋像是要與青球抗衡，閃晃出耀眼光芒。

察覺到神紋的光芒削減了部分痛楚，一刻毫不猶豫，五指就要猛力施勁。

沒想到就在這瞬間——

一股寒意竄上一刻後背，促使他反射性地回過頭。

該是不見五指的幽暗處，卻平空滲出不祥的殷紅。

與曲九江狂肆的火焰不同，和宿鳥華艷的鮮紅衣裙不同，那抹紅更像是髒污的血色，轉眼間竟凝成人形外觀。

平滑的臉部位置，霍然張開一雙眼睛，一眼渾濁，一眼猩紅似血。

一刻身體一震，咒罵和憋了許久的吃痛聲終於忍無可忍地爆出。

「幹！」

被發現了！

自黑暗中生出的血人一張眼，即刻朝一刻展開攻擊。暗紅的手臂頓如鞭子伸長，末端生冒出密集的尖刺，靈活迅速地朝一刻咬去。

一刻咂舌，連忙腳下大力一蹬，身形往上拔高，有驚無險地閃躲開紅鞭的追擊。

在這種宛如黑水凝成的詭異空間裡，一刻的速度受到壓制，難以全力發揮。

血人則恰好相反，它的動作絲毫沒有遭受影響，第一擊落空後，第二擊很快又再追向一刻。

不單是一隻手臂，就連另一隻暗紅手臂也變化爲長鞭，出其不意地捲住一刻的腳踝。

腳上驀然出現的拉力讓一刻大驚，他的身子被迫向下一沉，連帶地也使他失去閃避眼前竄來紅鞭的先機。

下一剎那，溫熱的鮮血就會在這方幽暗裡迸散——血人這麼堅信著。

可是下一秒烙進那雙異色眼瞳內的，是截然不同的發展。

白髮男孩竟無視鞭尾的利齒，猛然反手拽扯住紅鞭，力道之大，讓血人一時間難以抽回手臂。

沒有放過這個空隙，一刻左手霍然施力，緊握在他掌心內的青球瞬間應聲破裂。

被青絲遮覆的光芒頓時像獲得解放般外洩，化作無數潔白光束，切開附近黑暗。

同一時間，一刻聽見許多聲音像泡泡般衝出。

全是同一個人的聲音，全都喊著同一個名字。

「末藥、末藥……末藥！」

只是不同於最初的空茫，此刻每一道喊聲，都透露出鮮明的喜怒哀樂。

有開心的咯笑，撒嬌似的低語，鬧脾氣的抱怨。

豐富多變的情緒，就像打開了一個封閉許久的藏寶盒。

可是到最後，所有喊著末藥的嗓音，都變成一聲聲哽咽。

「末藥……」

「末藥，你爲什麼要消失？」

「末藥……不要丟下宿鳥好不好……」

強烈的悲傷有如來自四面八方的流水匯聚一塊，重重衝擊著聽者的心臟。

一刻感到心口一窒，只能怔怔望著掌心上不再被青絲包圍的物體。

那是一朵閉攏著的山茶花花苞。

灼紅的花瓣闔得緊密，宛若保護著什麼。

血人不知何時消失了，但是悲泣聲沒有停止。先是低低婉轉，接著一聲高過一聲，巨大的哀慟如無形的鎖鍊，拖著人往下沉溺。

一刻不敢耽擱，馬上護著花苞，往白光最末聚集的上方位置飛快游去。

但不到片刻，一刻便發覺情況有異。

四周的幽暗處紛紛滲染出污紅，一眨眼凝塑成人形。更多的血人將一刻包圍住，一雙雙不祥的異色眼瞳像盯視獵物般望著他不放。

要不是時機不對，一刻忍不住都想大罵出聲了。

幹恁娘！有完沒完啊！

但比起破口咒罵，一刻當機立斷地加快速度，護著花苞的掌心無意識攏得更緊。

然後，奇異的熱度從貼觸著花苞的皮膚附近傳來。

稱不上太過燙人的溫度，但在冰冷的黑水裡，格外令人難以忽視。

一刻訝然，左手不禁鬆放，頓見原先閉闔的山茶花向外綻放，一顆青碧剔透的光球靜靜躺置於花心中央。

見狀，一刻有點懵了。

這是怎麼回事？山茶花代表的，應該是宿鳥被抹去的情感……爲什麼花裡還存在著一顆光球？

而且那顏色……

然而此時情況卻不容許一刻再多想，數條紅鞭猝然追擊過來。假使不是一刻反應快，只怕身上就要多出數道皮開肉綻的血淋淋傷口。

一刻加快上游的速度，可是血人的動作更爲快速。

它們一下就從下方追上一刻，飛射而出的暗紅長鞭猶如張牙舞爪的大蛇，眼看就要將封堵在中央的獵物撕扯成碎片。

危急之際，一刻手中的光球驀地飄竄出微小的氣泡，一道呢喃同時擴散。

「末藥……」

依舊是相同的名字。

但那道呢喃聲卻脫了稚氣，平靜祥和；那是像宿鳥，卻又異於宿鳥的聲音。

幾乎是直覺反應，一刻猛地捏碎了青碧色光球。

剎那間，相較於之前的白光，威力更勝數倍的碧色一口氣爆發出來。

凡是沾碰到碧綠光芒的紅鞭，就像雪片遇上高溫，轉眼間崩融得一乾二淨。

血人轉身想逃離，但光芒快一步吞沒了它們——

第六章

暗紅色的人形在碧光包圍下，一下子就消失得無影無蹤。

一刻瞠大眼，納入眼中的卻不是血人遭到消滅的一幕，無數從未見過的畫面一口氣灌注進他的腦海中，迅速閃過、消失，但是每一幀、每一幀卻又無比鮮明地烙印在視網膜上，彷彿自己也經歷過那一切。

誰的過去流洩進來了。

一刻看見一名傷勢嚴重的男人跌跌撞撞地在不知名的山林裡行走，大股鮮血不停地從傷口冒出，在草葉或是土地上濺灑了斑斑猩紅。

男人擁有一頭肖似宿鳥的白金色頭髮，髮絲混著血污，沾黏在臉頰上，看不清容貌。可是暴露在衣外的皮膚上，卻是分布著紅銅色鱗片，按著肩頭傷口的手指也異於常人，指尖處生長著巨大銳利的勾爪。

這些非人特徵，無一不是在說明一項板上釘釘的事實。

——男人不是人類，而是妖怪。

似乎是體力終於透支，在踉踉蹌蹌地走了一小段路後，男人放棄了前行。他倚靠著一棵大樹，虛弱地慢慢坐下。

他的呼吸越來越細微，看起來似乎隨時會停止。

男人顯然也是這麼認爲，他垂著頭，平靜地接受自己即將死亡的結果。

沒想到就在下一剎那，一雙纏著青碧長布的雙足無預警闖入男人的視野內。

男人錯愕地抬起頭。

那是一刻第一次清楚看見對方的臉孔。

一刻不禁大感震驚，就算頭髮與眼珠顏色不一樣，但那分明就是……末藥！

爲什麼這名妖怪會長得和末藥一模一樣？

不待一刻細想，另一幅更驚人的畫面撞入他的眼底。

佇立在那名和末藥擁有相同容貌的妖怪面前的，是一名空靈清雅的綠衣少女。

她的髮絲青碧如山林，眼瞳淺綠如初春嫩芽；更遑論她的服裝打扮，和珊琳、末藥是如此地相似。

然而這名身分可能是山精或山神的少女，五官卻彷如外表年紀再增長數歲的宿鳥。

一刻已經完全呆住。

這到底是怎麼回事？像末藥的妖怪……還有像宿鳥的山神（山精）……

即使巨大的困惑幾近將一刻淹沒，強行闖入一刻意識中的影像依然沒有停止的跡象。

屬於某個人的記憶繼續流動，包含其中的感情也毫無保留地一併傳遞過來。

少女對著負傷的男人伸出手，悅耳婉轉的嗓音有如鳥鳴。

她說：「宿鳥救你的話，你會當宿鳥的朋友嗎？」

男人顯然也被這古怪的要求弄懵了。他怔怔直視著少女，臉上出現瞬間的迷惘，畢竟他可以很明確地感知到，對方和自己是截然不同的存在。

妖怪與神明。

但是少女固執地繼續盯著他，彷彿沒有得到回答就不放棄。

半晌後，男人紅銅色的眼眸溫和地瞇起。

「如果妳不嫌我無聊的話。老實說，我的性子有點乏味……妳好呢，宿鳥，我是末藥，是名妖怪。」

「你是妖怪的末藥，宿鳥是山神的宿鳥。」少女看著自己被人握住的手，綻露出開心的笑顏，「一定可以當好朋友的！」

少女的笑容有如山泉清澈，堅信不移的語氣也讓男人不由自主地產生了嚮往。

雖然是妖怪，但男人的性格其實與世無爭。他喜歡沉靜，不喜歡與他人爭鬥。

只不過，這不代表其他妖怪也會這樣想。

妖怪間本來就是弱肉強食，像男人這般的特例，只會讓自己一再陷入險境。更遑論除了同類的追殺迫害之外，世上亦還存在著妖怪的天敵——狩妖士。

男人身上的傷勢就是來自這兩者。

傷上加傷的後果，才會讓他躲到人煙罕至的山林中，然後遇上渴望朋友的山神。

一名心性似孩子般澄淨的綠髮少女。

當男人主動握上少女的手，那一剎那，他有種錯覺，彷彿也將自己的心一併無保留地送了上去。

無名之山裡，時光沉澱，不受外界紛擾干涉影響。

在少女的治療下，男人的傷勢逐漸好轉。

有時，他們會一同漫步在蜿蜒曲折的山徑之中；有時，少女會興高采烈地訴說山內的點點滴滴；還有的時候，男人溫聲描述著自己曾在外界經歷過的事蹟。

即使只是身爲單純的旁觀者，一刻都能深刻感受到兩人間不言而喻的情感流動。

他們是朋友，是家人，是情人。

同時也不只是朋友、家人、情人。

歲月靜好，一切似乎就會那麼平靜地延續下去……

可是那份平靜，到頭來卻還是被打破了。

男人身上的傷遲遲未能完全康復，無論少女怎樣想方設法地治療，卻總是還差上那麼一點。

對此，男人只是溫柔地笑笑，表示那點未癒的傷口不需要放在心上。

只是事態的發展，並未如男人所安慰的那般順利。

看似小傷，實際上早已在男人體內埋下難以拔除的病根。甚至演變成每隔一段時日，就會爆發出一陣凶猛噬人的疼痛。

那份痛苦像刀割、像鋸磨，像萬蟲鑽心的咬囓。

不僅凌遲著男人的身體，也同樣折磨著少女的心。

少女天真的笑靨裡染上陰影，綠眸無時無刻似乎都有層水霧。

尤其當看到男人捱過痛苦後，依然像沒事人般安撫著她，那張清麗的臉蛋更是一點一滴地喪失光采。

少女是如此明顯地感受到，男人的生命力在流失。

縱然她曾以自己的力量築成堤防，試圖力挽狂瀾，可如今……終於支撐不住地潰堤了。

男人會死去，會徹底消失在這世間。

這個想法讓少女感到前所未有的恐懼。她明明是山神，早就不受周邊溫度變化的影響，但這一瞬間，她只覺得四肢百骸的血液都像結凍一般，冷得有如墜入冰窖。

就算是妖怪，男人卻比她至今見過的任何事物都還要美好。

如果他真的死去，自己就要變回孤獨一人，變回那個內心空蕩蕩的山神……

不要、不要，比起空蕩的自己，末藥更應該活在這個世界上。

倘若末藥不是妖怪，是神就好了……這樣他就不會輕易受病痛所苦，妖怪不會敢靠近，狩妖士也不會敢靠近，只要他是神……

沒錯，只要他是神的話。

少女碧眸裡的水霧散去，陰影消失，一個只有自己知道的念頭在心底瘋狂地茁壯生長，最後盤根錯結，成了再也無法撼動的參天大樹。

一座山只會有一名山神，除非現任山神消亡，才會再誕孕出一名新的神祇。

既然如此、既然如此——

少女內心的呢喃從四面八方湧入一刻的意識裡。

一刻駭然，雼時明白少女的意圖。他想要大叫，但是他的聲音無法傳遞出去。

那是已經發生的過去。

接下來的畫面流動速度霍然加快。

男人以爲少女接受了他註定將迎來的結局，卻沒料到在一日醒來後，向來與自己形影不離的纖細綠影就此沒了蹤跡。取而代之的，是體內不曾擁有過的充盈力量。

傷勢消失，宛如從未存在過。

男人沒有感到絲毫驚喜，強大的顫慄從腳下竄起，直達腦門。他的心下一片寒冷，因爲發現流轉在他全身的不是熟悉的妖力。

是不可能出現在他身上的神力！

妖確實可能成爲神。

足夠的信仰之力讓妖怪躍爲無名神的事，也偶有所聞。

但是，不該是自己，不該是自己……

男人覺得自己快要被無形的恐懼掐得不能呼吸。他不敢思考身上的異變從何而來，否則有什麼東西就會從心裡碎裂。

他只能拚了命地在山林各處尋找少女的行蹤，不停大喊著對自己來說已變得比重要還重要的兩字。

宿鳥、宿鳥、宿鳥。

曾有的沉靜早已支離破碎，只剩一股發狂般的執拗。

但就算喊到聲音嘶啞，嗓子眼處冒出血氣，回應男人的只有大片死寂。

等到男人一路尋找到山中的一處碧潭前，他的腳步不由得變得遲疑，但還是慢慢地靠近潭水邊。

接著他低下頭，倒映在水面上的影像就像是凶猛的一拳，將他整個人殘忍擊倒。

男人雙腿乏力，發顫的指尖碰觸上自己的眼角和髮絲。

他不想承認的事實，還是攤在了眼前，不容許他再逃避。

不是紅銅色的眼眸，也不是白金色的頭髮。

眼前倒映在潭水上的，是名綠髮碧眸的男人。

與不見蹤影的少女一模一樣的髮色、眼色。

男人猛地跌坐在地，雙手哆嗦地覆住臉，嘴唇緊緊地咬住。如果不這麼做，破碎的哽咽就會從喉嚨裡衝出來。

他再也沒有辦法欺騙自己，身上的山神之力讓他能感覺到領域中的萬物氣息，可是唯獨

沒有少女的。

那名洋溢著天真的清麗少女真的已不復存在，湮滅於這一方天地當中。

滾燙的淚水無聲無息地爬落臉頰，環繞在男人身邊的蔥鬱樹木忽地無風擺動，一股股青碧色的光點隨之滲出飄散。

飛鳥棲停在靜止的樹枝上，野獸在男人後方伏下頭顱，未成人形的山精則搖搖晃晃地冒出頭。

舊的山神逝去，新的山神誕生。

然而在這幅絢麗的光景中，男人只能無能爲力地痛哭失聲。

宿鳥——

悲慟萬分的吶喊如同一記雷鳴落下，在一刻的意識裡也震砸出大片白光。

熾白的光芒好似要吞捲一切。

隨後白光消褪，鮮明的色彩重新注入，畫面再度鮮活起來。

一刻看見了繁花地的建立，看見了一株小巧的山茶樹在中央廣場上抽出綠葉，開出灼灼如火的紅色山茶花。

樹中霍然跌出一抹小巧稚幼的人影，不穩的姿態，卻沒有撲跌在地面上。相反地，有一雙大手穩穩將之接住。

人影像是困惑地抬起頭，披散的白金長髮下露出一張稚氣臉蛋。紅銅色的大眼睛乾淨純粹，就像一張未染上任何顏色的白紙。

與一刻記憶中完全相同的宿鳥懵懵懂懂地望著接住自己的男人，她張闔幾下嘴唇，但似乎還沒辦法順利發出聲音，從口型上來看，像是想問：「誰？」

男人看懂了。

眼眸和髮絲皆碧綠如山林的男人露出溫柔沉靜的微笑。

他說：「妳看，我還是找到妳了……我是末藥，妳好呢，宿鳥，我們終於又再次見面了。」

那是一刻聽見的最後一句話。

下一剎那，入侵意識的聲音、畫面全速退去，視野所及只剩要將黑水空間切割得分崩離析的碧色光華。

以及……

那不知從何處傳來的模糊呼喚。

小白……宮一刻……

小白……一刻大人……

很快地，模糊漸漸轉成了清晰，緊接著就像蓄盡全部力量，有如砲火射擊，強烈地直達一刻心底。

小白——

宛若嘶聲裂肺的聲聲吶喊猛地炸開，四周的碧光猝然收細，像條細繩般捲纏上一刻的手臂，旋即一口氣將他往上拉扯。

在碧光盡頭處，是微弱的波光閃動、晃漾。

然後在一刻的眼中越擴越大，直到完全充盈眼底，令他不得不反射性地瞇起眼。

沒想到碧繩突然氣力用盡般潰散，頓失拉力的身子迅速向下一沉。

說時遲、那時快，兩股力道探進幽暗，猛地抓住一刻的手腕，將他一把拽起。

光影閃晃中，一刻看見了兩張焦憂的臉。

柯維安和曲九江抓住他了。

白髮男孩狼狽地跌跪在堅硬的地面上。

脫出黑水空間的瞬間，大量光線爭先恐後地迎來，冰涼的新鮮空氣強硬地灌入他的鼻腔，直達肺部，令他忍不住閉上眼，劇烈地嗆咳好幾聲。

同時染覆在廣場上的污紅色澤也像退潮時的潮水，一口氣退散隱沒。

一刻邊咳邊急促地呼吸著，好一會兒才意識到自己的兩隻手腕都傳來陣陣的刺痛，上頭還各有一抹深淺不一的掌印，足以看出抓住他的人用上了多大的力量。

如果不是這樣不顧一切的力量，恐怕也難以在最後關頭，將一刻從幽暗裡拉出。

一刻慢慢抬起頭，首先映入眼中的是柯維安與曲九江的臉。

前者紅了眼眶，大眼睛淚汪汪地瞅著他；後者神色鐵青，該是冷澈的銀星眼瞳，此時卻像是燃動著滔天怒焰。

一和一刻的視線對上，曲九江立即瞇起異光閃動的眼。

「你以為你在做什麼？身為我的神，你居然敢愚蠢到這種地步？你非得要把你的小命……」

只不過那聲低吼還未來得及完全砸下，就先被另一道大叫蓋過去。

「小白！」

柯維安想也不想地朝一刻撲抱過去，渾身上下都透露出激動。

或許是還沒整個回過神來，一刻任憑那名娃娃臉男孩緊抱住自己，就算下巴似乎被磕了一下，臉上的表情仍有些茫茫然。

「我……」一刻張張嘴，發出的聲音乾啞得連他也不禁意外。他的視線越過曲九江，來到蔚可可、珊琳，以及黑令身上。

沒看到末藥。

可是直覺地，一刻不認爲末藥會身處危險中。

「我不是……應該在瘴異的體內？」一刻終於把乾澀的句子擠了出來。然而他話聲方落，就見到在場眾人的神情煞變。

尤其曲九江的反應最爲劇烈，動作也最快。

曲九江不客氣地將柯維安從一刻身上撕下，另一手猝然揪住一刻的衣領，將他猛力地提拎起來。

「我該高興你還記得自己幹的蠢事嗎？」曲九江的聲音低滑，明明該是悅耳的嗓音，卻滲著駭人的陰冷，「你的腦袋是裝飾品嗎？竟然像個白痴一樣，傻傻地讓那個女人吞了下去？如果不是我們剛好趕過來……」

曲九江冷笑一聲。

接著，這名半妖青年勃然大怒地發出咆哮。

「你知不知道你差點把自己害死了，小白！你該死的別跟我說你不知道！」

一刻已經不太記得，上次見到曲九江的情緒如此外露是什麼時候了，記憶中的對方，通常都是傲慢、冷眼旁觀的。

可是眼下的曲九江，看上去巴不得直接給自己狠狠一拳。

但是最後，曲九江像強迫自己般一根根鬆開手指，近乎咬牙切齒地說，「你要是敢再有下一次，小白，我發誓我會……」

各種威脅恐嚇在舌尖前轉過一圈，但曲九江隨即惱火地發現，他根本拿一旦固執起來，任誰也拉不回來的混帳朋友兼自己的神沒辦法。

柯維安心思敏捷，馬上就看出來曲九江卡殼了。他連忙跳起，想要及時補上氣勢洶洶的指責，說什麼都要讓面前的白髮男孩明白，先前所做出的那番莽撞行爲，簡直讓他們的心跳險些嚇停。

只不過柯維安的話才剛來到嘴邊，便有人快一步搶過話頭。

「宮一刻！」

是蔚可可。

素來給人活潑開朗印象的鬈髮女孩瞪大紅了一圈的眸子，眸裡還能見到淚光閃動。她雙手緊握成拳，忽地以一往無前的氣勢大步走向一刻，俏麗的臉蛋染著又氣又焦急的表情。

下一瞬間，響亮的聲音傳出。

柯維安和曲九江愣住了。

蔚可可竟用力將雙手拍上一刻的臉頰。

「可可大人、小白大人！」珊琳忍不住慌張低呼，有些不知所措。

「珊琳，先讓我對宮一刻把話說完……」蔚可可用手背抹抹眼角，接著深吸一口氣，一股腦地將心裡話傾倒出來。

「宮一刻，你這次真的太過頭了！就算曾被瘴跟瘴異吞過，也不是這樣拿自己開玩笑的！難道你是覺得有一就有二、有二就有三、無三不成禮嗎？你是笨蛋嗎？我告訴你，要是再有下一次，我絕對要跟小染他們還有我老哥……」

「告、狀！」

這在旁人看來似乎不具備實質威脅的兩字，擲地有聲地甩出之後，柯維安他們吃驚地看見一刻竟臉色大變，閃過剎那的緊張。

「蔚可可，妳不准……」

「不准怎樣？不可以讓他們也擔心嗎？那以後我們出什麼事，也不跟你說了。」

「沒……沒錯啊，小白。以後我們眞有事，爲避免你擔心，不如什麼都別再告訴你了，反正先做再說嘛。」柯維安腦子轉得飛快，馬上就領會過來蔚可可爲什麼會忽然說出這番話。他毫不猶豫地也加入蔚可可這一方，娃娃臉擺出義正辭嚴的神態。

「蔚可可、柯維安，你們X的是在說傻話嗎？」一刻鐵青了臉，氣急敗壞地暴喝一聲。那份凶狠的氣勢震懾得蔚可可和柯維安不自覺地屏住呼吸，但預期中的第二波斥罵卻遲遲沒有落下。

蔚可可將下意識閉起的眼睛睜開，隨後張大。

一刻的臉上怒意猶存，但更多的是懊惱混入，彷彿猛然驚覺自己究竟犯了什麼錯誤。最後，那張年輕、總是帶有幾絲戾氣的臉龐，浮現出接近歉疚的表情。

「……抱歉。」一刻粗魯地抹了一把臉，低聲地說，「是我的錯。」

幾乎是在本能地怒喝完柯維安他們的下一秒，一刻就意識到自己先前的行爲，不就和柯維安他們口中說的一樣嗎？

光是想像自己朋友中的任何一人，貿然以身試險……寒意就衝上背脊。

親眼目睹他被瘴異吞下的其他人，當下的心情又會是如何？

自己當時只顧著找回宿鳥被抹消的情感，卻忘了朋友們的感受。蔚可可說得沒錯，他眞的是一個笨蛋。

「宮一刻？」見一刻沉默，蔚可可小心翼翼地戳了下對方的手臂，「你還好嗎？你在哭嗎？要不要我借你面紙？放心好了，我不會跟我哥或小染他們說你哭了，最多只會偷偷跟織女大人說一下……」

「靠夭啊！妳跟她說不就等於跟全部人說了嗎？」剛湧起的愧疚感瞬間被破壞得丁點也不剩，一刻黑了臉，惡狠狠地怒視張著無辜大眼的蔚可可，「還有誰哭了？妳全家才哭！媽啦，老子居然還被妳這丫頭罵笨蛋？」

「哎哎？我老哥才不會哭，他是個冷酷無情的大暴君……等等，不對吧？」蔚可可慢了一拍才意會過來，一刻正拐著彎說她笨，不由得惱怒地跺腳，「人家是天才美少女，還讓你醍醐灌頂、迷途知返耶！」

「返個屁！」一刻一掌壓上蔚可可的腦袋，無視對方哇哇大叫，「不過我同意妳的成語有進步。」

「眞的？」蔚可可馬上被轉移注意力，得意地挺起胸，「嘿嘿，不枉我認眞地看中文成語辭典。」

「……妳不是外文系的嗎？」

「呃……有時候人總會想逃避一下那些像外星語的東西，重新感受母語的溫暖嘛……」蔚可可的眼神飄了飄，心虛地說。

一刻抽回手，再次正視柯維安、曲九江和珊琳。

「抱歉。」一刻鄭重地說，「讓你們擔心了。」

「甜心，你沒事最重要了。」柯維安揉揉鼻子，咧出大大的笑容，「讓我們再來一個熱情的擁抱……唔噗！」

想趁機再撲上的娃娃臉男孩被一隻大掌無情地糊上臉，將他的五官擠壓成一團。

對於一刻的道歉，曲九江面無表情地冷哼，彷彿一切與他無關，他也毫不在意。

但一刻可沒忘了對方稍早前的不尋常反應，更何況珊琳也小跑步靠近，拉著他的手指，踮高腳尖，對他說起悄悄話。

「小白大人，九江其實很著急、很著急，他很擔心，還有我也是……幸好你平安無事，小白大人。」

雖說珊琳的音量放得相當輕，偏偏曲九江也不是普通人類，敏銳地捕捉到話中內容。

曲九江臉色頓時一僵，銀星似的眼瞳竄過惱火，卻又拿楊家的守護神沒轍。

一刻將曲九江的神情變化全收在眼裡。他挑挑眉，暗暗覺得好笑。想了想，乾脆替自己的神使貼上一個「悶騷」的標籤。

不過若是讓柯維安知道了，他大概會用學術口吻糾正：「不對啦，親愛的，那個應該叫作『傲嬌』！」

接著一刻的目光瞥向黑令，他微皺下眉頭，像是拿捏不定自己是不是也該對黑令說些什麼。

問題是，他和黑令也沒多熟。

反倒是灰髮青年出人意料地先開口了：「我可以，介紹教人賠罪的網站，給你。」

……三小啊？一刻呆了呆。

「哇……他明明是說中文，但組合在一起我完全聽不懂耶。」蔚可可的驚呼無疑也說出了一刻的心聲。

一刻不假思索地看向一邊的柯維安。

「咦？為什麼看我？」柯維安大驚，反射性摀著胸口，「小白，我和黑令根本沒有心電感應，你相信我！」

「你聽得懂吧。」一刻直接用了肯定的語氣。

柯維安垮下肩膀。好吧，這回他還眞的聽得懂。

「我猜，黑令的意思是做錯事要向朋友賠罪，他知道有個網站專門教人這個，他可以介紹給小白你參考參考。」

一刻等人瞬間回想起黑令昨日準備的，有如詛咒儀式的賠罪蛋糕。

「免了，謝謝，眞的不用。」一刻果斷拒絕，敬謝不敏。「對了，末藥呢？」

思及自己一回到現實空間，遲遲未瞧見那抹青碧身影，一刻不禁皺緊眉。

從柯維安等人的反應來看，證明了他最初的直覺沒有錯，末藥應當平安無事。既然如此，爲什麼眾人中卻獨獨缺了他？

不對，不單是末藥。

還有符芍音他們，以及……符廊香！

在黑水空間裡經歷的一切記憶霍然翻湧上來，一刻瞳孔凝縮，終於明白當初在綠色迷宮裡，末藥提及「唯一」的名字時，爲何會用妖怪來作爲舉例。

「我確實知道一些，畢竟她在妖怪間是傳說中的大妖怪，年長些的就會聽過她的名字。」

還有……

「我可以設法感應到珊琳的氣息。現在的我和她的本質，說起來是相同的。」

怪不得末藥會這麼說，因爲在他成爲新任山神之前，他原本就是——

妖怪。

曾是妖怪的山神，曾是山神的妖怪。

倘若不是瞧見了那些過往記憶，一刻根本無從知曉，原來末藥和宿鳥之間，從那麼久遠開始就存在著千絲萬縷般的複雜糾纏。

而那顆碧色光球的由來，恐怕只有末藥能給出答案了。

「小白大人，末藥大人在另一邊。」珊琳舉起手，遙指另一端，「他正照顧芍音大人和其他人類，還有看守著宿……不，符廊香。」

珊琳的最後三個字放得格外地輕，彷彿不願說出那名傷害一刻等人的瘴異的名字。

這同時也透露出來，符廊香仍佔據著宿鳥身體的事實。

一刻微瞇起眼，直到這時候他才真正有餘力打量周遭。

他依然身處繁花地的廣場上，只不過已不是原來位置，否則那棵碩大的山茶樹就該出現在自己身邊。

廣場上七橫八豎地倒著遭嚴重破壞的紅衣人偶，地面鋪置的石板被翻掀得亂七八糟，或是插立，或是散成大大小小的碎塊。

到處能見到烈火肆虐過的灼黑痕跡，其中還有多束綠藤如長槍般縱橫交錯，不僅將原本狼藉的廣場毀損得坑坑巴巴，連帶也遮掩住另一方景象。

由此猜得出來，這地方在不久前面臨了何等激烈的戰鬥。

「我被吞進去後……這裡到底發生了什麼事？」一刻深吸一口氣，想要釐清眼下事態，「柯維安，你來說。」

「好的，甜心。沒問題，甜心，全交給我吧。」柯維安語速飛快，劈里啪啦地就倒出一大串說明。

「我們突破迷宮後，就看見你被符廊香吞下的畫面。我得說，這眞的是差點嚇死我們了……爲了避免你眞的被她消化，我們兩方立刻打起來。雖然她獲得了宿鳥和情絲一族的力量，比想像中還要棘手，不過也是情絲一族的力量害了她，畢竟鳴火就是情絲的天敵。」

「要不是怕你沒用到出不來，我早就徹底燒了她。」曲九江陰冷地說。

「別管室友A的情緒化發言，小白。總之，在途中，符廊香像是受到什麼影響，力量剎那間消滅，給了我們很大的機會。我猜很可能跟你在她的空間裡做了什麼有關，就像水瀾那次。最後符廊香被一舉壓制住，我們則是發現了你，是神紋的呼應讓我們發現你的。」

說著說著，柯維安撫摸上前額，猶然記得稍早前，自己肖似第三隻眼睛的金紋散發出不同以往的熱度。

一刻頓時也想起自己在黑水空間裡見到的晃動波紋。

也許，那就是神紋彼此間的共鳴所產生出來的吧。

「慢著。」一刻忽然意識到一件事實，他瞪大了眼，不敢置信地扭頭望向綠藤的方向，「只有末藥一個人看守符廊香？」

一刻不是不相信末藥的實力，然而那名鬼偶少女，向來比想像中還要狡猾及殘忍。

「小白，如果你看到符廊香現在的樣子，就會明白了。」對此，柯維安嚴肅地說。

第七章

過不了多久，一刻就理解柯維安的意思。

當縱橫交錯的綠藤被曲九江狂肆的火焰席捲，在烈焰中化爲灰燼，被遮阻的另一端景象很快就毫無保留地呈現在一刻他們面前。

碩大的山茶樹下，披裹著紅衣的鬼偶少女模樣駭人淒慘。

肩胛部位被兩支碧綠光箭貫穿，釘在後方的黑褐樹幹上。一隻手臂滿是灼傷的痕跡，焦黑處還能見到金墨殘留。另一隻手臂則是不復存在，斷臂位置不是整齊的切口，而是簡直像遭到外力粗暴撕扯。還有她的右足，也是同樣情況。

「曲九江的火焰燒了上去。」柯維安低聲地說。

一刻馬上意識到，無論是右臂或右足，都是符廊香自己拔除的。

一旦被鳴火的火焰沾上，擁有情絲力量的她也等於瀕臨致命的危機。

爲了自保，符廊香才會毫不猶豫地捨棄自己身體的一部分。

失去一手一足，肩胛亦被釘住的符廊香，等同於被剝奪了行動力。更遑論在她身周，還有一圈緋紅的火焰在燃燒，好比一座牢籠將她困在裡面。

距離符廊香不遠處，則是佇立著修長的青碧身影。

末藥背對一刻等人，一手持握長矛，一手虛握柔和的光團，碧光源源不絕地散發出來，籠在地面的幾抹人影上。

被一刻拚命救出的符芍音和另外三名少年就躺在那。看上去仍然昏迷不醒，可是已經不若一刻在樹幹內見到他們時那般虛弱不堪，就連血色也恢復不少。

曾被預定作爲末藥新身體的木頭人偶，則是不受人注目地滾落一旁，上面的黑闃花紋已完全消失。

隨著廣場上的障礙物被赤焰燃爲灰燼，一直低垂著頭、彷彿氣力耗盡的紅衣少女也像被驚動般，以一種緩慢僵硬的速度抬起了眼。

讓人感到不寒而慄的是，那張和柯維安有著幾分相似的清秀臉龐上，竟掛著甜美中挾帶瘋狂的笑容。

猩紅和混濁並存的雙眼內，更閃耀著近乎狂熱的猙獰光芒。

就好像，現在受到重創的並非她自己。

異常的模樣，讓人毛骨悚然。

「你好呀，維安哥哥。」符廊香咯咯笑起，愉悅地見到柯維安他們剎那間對自己露出了警戒的眼神，「你救回了你的朋友……都是小山茶花受到動搖的緣故，不過她現在倒是徹底安靜下來了。哎啊，眞可惜，人家差一點點就可以把她消化了，讓她成爲我的血肉，成爲我的一部分。」

「我看現在就讓妳成爲這裡的一部分如何？拿去種花種草，顯然太適合妳這種沒用的垃圾了。」曲九江率先上前一步，指尖閃冒紅光，緋紅的火焰旋即平空乍現，轉眼便纏繞上他的臂膀，好似張牙舞爪的火蛇。

有如與曲九江臂上的火焰相互呼應，圍在符廊香周邊的赤火驀地也壯大一圈，似乎只要稍一受到氣流的吹拂，就會舔舐上符廊香的裙角，進而燒灼她的皮膚。

符廊香眼中掠過轉瞬即逝的緊張，但也只是眨眼間。

「曲九江！」一刻喊了聲，其中的警告意味不言而喻。

曲九江悻然地咂下舌，像是不滿一刻的阻止，卻也沒有再進一步的動作。

「一刻。」末藥暫時斂起手中的碧綠光團，沉靜的眉眼舒展出一抹安心的笑意，「你沒事眞的太好了，你的朋友們果然找到了你。」

「啊，他們找到了我。」一刻簡潔地說，裝作沒留意到末藥的整隻左手差不多都褪成半透明，僅留極淡的顏色附著在上，「符芍音他們還好嗎？」

「放心，這幾名孩子都沒有大礙，只是之後得休養一陣子，畢竟他們的靈力和精氣都被吸取不少。」末藥突然抬手往符芍音他們的方向虛劃幾下，數道碧色光流交繞，像是在守護他們，避免來自外界的傷害。

一切都還沒有完全落幕。

末藥並未特別問起一刻早先明顯像是自投羅網的舉動，從柯維安他們那邊，他已經大抵知道一刻的目的。

雖然末藥沒問，一刻心裡卻有許許多多困惑想問出口。

例如那顆藏在紅山茶中心的青碧光球。

例如宿鳥轉世爲妖了，爲什麼似乎還保有一絲神力？

還有……那些照理說不應該被宿鳥知道的記憶碎片……

「末藥，你……」但是一刻剛開口，另一道清脆的嗓音冷不防地將之覆蓋過去。

「你爲什麼還存在於世上呢，末藥？」符廊香揚起天眞的笑，如同不解世事的好奇孩童，可是從那張失去血色的嘴唇裡，卻吐出滲滿黏稠惡意和毒素的話語。

符廊香說：

「小山茶花最喜歡的末藥，以命換命的滋味美妙嗎？取代昔日山神，成爲新任神祇的感覺有趣嗎？你喜歡自己從妖怪變爲無名神嗎？哪，告訴我吧，我眞的眞的好想知道呢。」

那瞬間，所有人清楚看到末藥面無血色，沉靜碎裂，彷彿被人當面狠狠摑了一掌，露出狼狽卻又咬牙不退的表情。

而這反應，無異承認符廊香所言非假。

「什……」柯維安張著嘴，剩餘的聲音像卡在喉嚨裡。

符廊香傾吐的內容太過荒謬，可是柯維安卻也沒辦法說服自己，在末藥臉上看見的變化只是眼花造成的錯覺。

符廊香究竟在說什麼……她說，末藥原本是個妖怪？

以命換命又是怎麼回事？

是誰換誰的命？

過多的疑問在柯維安腦海中橫衝直撞，但沒一個能順利衝出嘴邊。

柯維安下意識看向一刻，然而後者繃著臉部線條、不發一語的模樣，讓他的心驀然沉了沉。

柯維安何等敏銳，他頓時意識到白髮男孩曾被符廊香，或者也可以說是被宿鳥吞噬。

在瘴異體內，一刻很可能目睹了他人無從得知的眞相。

換句話說，符廊香這一次……恐怕沒有說謊。

「我不懂，這是什麼意思……」蔚可可只覺思緒被符廊香的驚人之語攪得混亂，她茫然地搖搖頭，「末藥不就是山神嗎？怎麼忽然又變成妖怪了？如果他以前是妖，那以前的山神呢？」

「山神……是一代代替換的。」珊琳語氣微弱，眸裡還殘留著未褪的驚愕。她自身就是山精，比起其他人更加了解山神制度，「舊的山神逝去，那座山才會誕生出新的山神。但、但是，以命換命……難道說!?」

「哎啊，小山精好像想到什麼了。」符廊香欣喜地咯咯發笑，每一字每一句都無比尖銳地穿透燃灼的火焰，撞進在場所有人耳內。

「就是那麼回事呢。雖然現在只剩可憐的思念體，但是啊，末藥的命就是小山茶花犧牲自己換來的。噢，說小山茶花也不對，是宿鳥。」

符廊香頓了下，詭譎的異色雙瞳直直盯著或驚或愕的一刻等人，甜蜜地拉開笑容。

「是當初的山神，宿鳥唷。」

輕巧的幾個字，卻宛如落雷當頭轟下，幾乎讓眾人大腦呈現一片空白。

柯維安、蔚可可、珊琳的震驚全然隱藏不住。

就算是黑令和曲九江，他們的眼裡也或多或少閃過一瞬訝色。

「什麼啊，維安哥哥你們果然不知道。這個祕密很有趣對不對？」符廊香的眸裡亮起熾亮的異光，和她淒慘的模樣映襯，反倒有種說不出的可怖與詭異，「爲了彼此，結果導致現在身分、種族對調的宿鳥和末藥，他們的想法眞是太有趣，有趣到了愚蠢的地步啊！」

「符廊香妳閉嘴！」一刻的怒喝暴起。

但是符廊香沒有因此受到震懾，她笑得愈發樂不可支。

「不對吧？維安哥哥的朋友，你這時候想問的是爲什麼我會知道吧？對啊，爲什麼我會知道？這一切……都是因爲你呀。」

驟然降臨的死寂中，符廊香最末一個音節拖得繾綣纏綿，散發的卻是無止盡的冰冷。

像是沒發現一刻震驚的眼神和末藥蒼白無表情的臉，符廊香昂起頭，火光投落下的光影在那張保留少女美好的面容上不時閃動。

「沒錯，就是你呢。你找到了宿鳥被我抹消的情感和記憶，就像那時在繁星大學，你對小紫藤做的那樣。是我太大意，居然忘記你還能使出這種小手段。在符家那時候，我就該把你殺了，把你千刀萬剮，把你剉骨揚灰，讓你再也不能給我添亂。看看你，甚至還找到了連我、宿鳥都不知道的記憶。」

那明明就是符廊香的嗓音，一刻瞬間卻是浮起無法形容的違和感，恍若在聽著另一個人說話。

另一抹更加瘋狂冷酷的身影。

還來不及細想，符廊香接著說出的語句又奪走他的全部注意力。

「不過我也得感謝你唷，維安哥哥的朋友。你破壞了我對宿鳥的抹消，但也讓她產生動搖，讓她再也沒有餘力干擾我。一直聽她末藥末藥地喊，實在是吵死人了。軟弱的宿主就該乖乖沉睡，由我全面接管她的身體力量。」

符廊香突然歪下頭，狀似不經意地望著沒入肩胛深處的碧綠光箭。

「神使的武器也很討人厭耶，那股神力的氣味尤其令人無法忍受。我一點也不喜歡這種骯髒的東西貫穿我的身體，就像不喜歡宿主的體內有任何神力留下的痕跡。即使最初我完全沒有察覺，但仍是妨礙。現在多虧了你的幫忙，維安哥哥的朋友，我感覺得到自己可以完全掌控宿鳥的力量了。」

符廊香冷不防握上肩膀的一支光箭，無視僅存的那隻手發出令人頭皮發麻的滋滋聲響，好似她捉住的是一塊燒紅的烙鐵。

符廊香稍微將箭身往前扯出一些，使自己可以貼靠著樹幹，撐起自己的身子。

對眾人反射性的防備動作視若無睹，符廊香看起來只是想讓自己能夠站著說話。

但就算她看似安分，一刻等人也依然不敢掉以輕心。

神紋閃動，各自的武器被緊緊地握於指間。

幾次交鋒中，一刻等人已深切體認到，乍看之下無害的鬼偶少女，是如此的狡猾殘酷。只要一個大意，就可能迎來難以承受的後果。

就如同那一夜，遭到重創、幾乎失去半側身軀的安萬里。

「好過分，爲什麼要用這種如臨大敵的眼神看著我？我只是想要先告訴你們一個祕密，維安哥哥，你們難道不想知道嗎？」

布滿灼痕的手指撫上半邊臉，白皙的皮膚底下正浮冒一條條醜陋的黑紋，猶如粗大的黑色血管隨時要掙破表層穿出。

與這驚悚的變異截然不同，符廊香露出天眞爛漫的神態，彷彿渴望得到讚賞的孩童，瞬也不瞬地瞅著眾人。

「關於我。」

少女清脆的聲音這麼說。

「關於我等。」

野獸粗厲的聲音這麼說。

那是轉瞬間發生的事。

「關於我等爲何一定要得到小山茶花的身體——」少女和凶獸的高喊、哮吼同時疊合在一起，成了不懷好意地大肆嘲笑。

「愚蠢、愚蠢，當然是爲了此地！爲了這個繁花地！」

嘯聲震盪，符廊香的速度比任何人都來得快。

或者說，一刻他們根本就沒想到符廊香會做出這種等同自殺的行爲。

撫在臉上的手指霍地下滑，猛力扯出沒入血肉中的碧色光箭。

符廊香的污紅裙襬暴長，刹那間就將她整個人包覆起來，化作紅色箭矢，迅雷不及掩耳地飛竄向燃燒得炙烈的鳴火火焰。

一旦被纏上，不熄的火焰會在那具擁有情絲力量的身軀上燃燒，直到燒得屍骨不留。

但是這樣一來，身爲宿主的宿鳥也只能跟著一起陪葬。

猛然想通這點的一刻大駭，「曲九江！收回火焰！」

築成火牢的緋紅烈焰瞬間盡撤，卻也開出一條毫無阻礙的通路給予那束紅影。

紅影速度絲毫不曾減慢，就像是早已預料到這個結果。

只不過眨眼間，回復人形的符廊香就已闖過原先的看守，落足在廣場另一端。

紅衣少女一迴身，衣裙如血色飄揚。

上一秒仍是空蕩的斷肢處，這一秒竟伸竄出交纏的枯枝，成爲新的右手、右足。

「就和我想的一樣，你們沒辦法眼睜睜看著宿鳥送死。維安哥哥，你的心軟眞是太讓我作嘔啦，曾經的殺人者怎麼可以這麼軟弱！」

符廊香舉高雙臂，臉上的黑色血管掙竄出來，「啵、啵、啵」地盛綻出一朵又一朵邁向腐爛的闇黑山茶。

不單單是她的臉，她的髮絲、指尖、衣裙也都發生駭人的異變。

它們彷如潰爛般，從本來的精緻美好，點點滴滴化成黑泥；像不停的小雨，接二連三地往地面墜落。

「不……」末藥的瞳孔收縮到極限，他擠出一個音，然後是肝膽俱裂般地嘶喊，「住手！妳在耗竭宿鳥的力量，妳正在讓她的身體崩潰——我不准妳那麼做，瘴異！」

最後一絲溫度從末藥眼裡抽離。

綠髮碧眸的山神瞬間將青矛往地面重重一擊，柄端霎時沒地。

狼藉的廣場像是遭到恐怖外力撕扯，越來越多粗大裂縫迸綻，像是黑蛇扭動身子，快速地往前延伸。

同一時間，數也數不清的青碧光點從裂縫裡源源不絕地升起。它們朝著四面八方散逸，宛如要將視野所及之處都刷染上它們的色彩。

「來不及的，我記得你這個法術，宿鳥的記憶可是記得你這個法術。你想讓這裡回復原狀嗎？那也要你的速度夠快，力量夠足，可悲又無力的……」符廊香咧嘴大笑，「思念體！」

「那就讓我們看夠不夠吧！」

凶暴的喊聲倏然進入符廊香耳中。

那張布滿開綻山茶、同時也在潰爛的面龐閃過一瞬愕色，大睜的眼眸裡倒映入五條暴起、直逼自己的人影。

五個人？

還有一個人呢？

那個山精！

符廊香即刻發現珊琳靜立原地。

珊琳雙掌微闔，色澤更淺的碧綠光點從掌心內溢出，卻不是加入空中的光點行列，而是持續地沒入末藥體內。

符廊香瞬間反應過來，那名山精是在將自身的力量分給末藥。

裂縫深處，青色光點的湧冒速度似乎加快許多。

不行，絕對不能功虧一簣！不能讓末藥的術法成功！

「所以維安哥哥和你的朋友們……就不要再像該死的小蟲子一再妨礙我了！」暴漲的殺意覆滿猩紅與混濁並存的眼眸，符廊香仰高頸子，從喉嚨內衝出高亢尖厲的嘯喊。

這次，不僅少女和猛獸的聲音疊合，還有更多聲音重重交錯，恍若無數人齊聲尖叫。

音波像無形的大浪，推搡著這空間裡的一切。爬滿裂縫的廣場地面多處被擠壓得變形，猶如書頁翻捲，削慢了一刻他們的前進速度。

符廊香身後的綠色迷宮更是發出嘈雜不休的聲音。

沙沙沙、沙沙沙、沙沙沙！

像是浪潮洶湧拍打。

然後在那片深綠、淺碧之間，竟冒升出無數顆暗色光球。

它們如同氣泡，不停地往高空飄，不停地和昏黃天幕中的巨大荊棘圖陣縮短著距離。

這光怪陸離的一幕，使得柯維安不由自主地停滯腳步。他瞪大眼，在暗黑侵蝕下，那片宛若齒輪鐘的封印，看起來幾乎要壓迫得讓人難以呼吸。

它們過不了多久就會撞擊在一起……它們……！

電光石火間，一個可怕的猜測闖入柯維安的腦海中，他不禁一哆嗦，寒意入侵，控制不住地發出尖厲的抽氣聲。

「那是用來衝擊封印的！我的天，符廊香是要用繁花地蘊藏的靈力來衝擊『唯一』的封印……那就是她爲什麼一定要宿鳥的身體！」

「什——」一刻大駭。

蔚可可不敢置信地刷白臉。

繁花地並非外人眼中單純的廢棄庭園，它其實是黑家的墓地。浸染著靈力的骨灰撒混在繁花地的泥土裡，經年累月、積沙成塔，終於孕育出一塊充滿著豐沛力量的土地。

而同樣在繁花地裡生長的宿鳥，可說是運用此地力量的最佳人選。

所以，這就是符廊香選定宿鳥的理由。

接近宿鳥，操控宿鳥，入侵宿鳥——一切的目的，都是爲了解開「唯一」其中一個在繁花地的封印。

「答對了，維安哥哥你說出正確答案啦！」符廊香揮動雙臂，近乎狂熱地抬頭望著遍布異象的天空。

暗色光球持續飛升。

爛泥般的闃黑液體「啪噠、啪噠」地從符廊香身上掉墜下來。

「繁花地擁有的靈力充足得超乎我的想像，再也沒有比這更適合來解開封印了！」

「但是，我並沒有答應妳使用。」

突如其來，有道低緩的嗓音這麼說。

穿過廣場上的混亂，幾乎就快要貼近符廊香的耳側。

符廊香的思考凍結住了一秒。

就在這剎那，銀紫色旋刃快若疾雷地斬斷空氣，闖入符廊香眼前。只要再突進幾寸，就能深深沒入符廊香的雙眼之間。

但是鋒銳的旋刃尖端，卻遲遲沒有再往前進逼。

幽青色的絲線自符廊香的腳尖前竄立，錯縱地攔阻下那柄巨大武器，使它動彈不得。

「你答不答應又與我何干？還是說，你也要一起成爲繁花地的養分？就像你的族人一樣哪，黑家的小狩妖士！」符廊香揚起天真混著猙獰的笑，潰爛的五指迅雷不及掩耳地抬起，看似要抓向黑令的頸項，卻在下一瞬間化作畸異的漆黑大爪。

將人重重揮掃出去的同時，那抹污紅身影也已飛快向後退躍，及時避開射來的光箭和灑下的金墨。

「黑令！」一揮出金艷筆劃，柯維安立刻衝向黑令可能落地的方向。

柯維安的爆發力這當下發揮無遺，只不過似乎爆發過頭了。他本來打算趕至黑令身邊，伸出援手，拉人一把，沒想到前衝的速度太過，一時反倒煞不住腳步地撲倒在地。

結果柯維安還沒來得及爬起，背上就砸下差點令他岔氣的重量，剛抬起的腦袋也被身上的人下意識一按，「砰！」地往地面撞。

如果不是時間、場合都不對，目擊全程的一刻簡直想摀臉大罵一句。

幹！你們兩個是白痴嗎！

但是險峻的現實讓一刻無暇這麼做。

確認兩人都沒大礙後，一刻腳步不停，快速躍踏上那些紛紛隆起的石塊，偕同曲九江和蔚可可，疾奔向綠色迷宮前的符廊香。

只要消滅她，繁花地的靈力就會失去控制，全部回歸原位。

符廊香又何嘗不知道一刻他們的意圖，她咧開冰冷的笑意。

雙方現在比拚的就是時間和速度，看究竟是封印先受到衝擊，還是末藥的法術先完成，使繁花地恢復原狀。

又或者是……一刻他們先消滅符廊香！

「來不及的，無論你們做什麼都來不及的！」符廊香的半張臉已腐爛成黑泥流淌，唯有猩紅似血的眼瞳依舊閃爍著驚人異光。

符廊香身周環起青色的煙氣，隨即凝成無數青絲，青絲再絞擰成大量長槍，一口氣鎖定一刻等人射去。

曲九江下頷處的神紋瞬間消失，鳴火火焰呼嘯衝出，化成多隻的雙翼炎獸，迎擊上那片密集的長槍之雨。

炎獸顧不到的部分，則是被白針和碧箭夾擊。

一刻和蔚可可沒有停下，在曲九江火焰的掩護下，他們毫不退縮地一邊擊退長槍，一邊在成了障礙賽場地的廣場上疾走奔跑。

但是，推進的速度還是不夠快。

符廊香確實成功達到她的目的。

眼見高空的暗色光球開始聚合，漸漸形成一團巨大光體，似乎等到所有光球都合而為一，就要一舉猛烈地衝撞上齒輪鐘圖陣的中心。

一刻和蔚可可心急如焚，但只要無法突破橫亙在他們雙方的阻礙，就什麼也阻止不了。

「馬的！」一刻焦躁咒罵，焰光映亮從他額角滾落下來的汗珠，那張繃緊眼角與嘴角肌肉的臉龐滿是凌厲，「不能再被符廊香這樣拖著，她該死的就是想耗到時間結束！」

「但是我們也沒別的辦法……不從這衝過去，還能從哪裡過去？啊啊，爲什麼我們不會飛呀！」蔚可可簡直想扯著頭髮大叫。

然而話剛衝出嘴邊，蔚可可頓時張大眼，猛力往一刻的方向扭過脖子。

白髮男孩也回瞪著她。

兩雙眼睛對視的瞬間，光芒旋即在裡頭迅速點燃，像是旺盛的火炬。

他們的確不能飛，但他們也的確還有別條路可以闖過去。

空中！

「天啊！我眞的是天才耶，宮一刻！」蔚可可驚喜地高喊。

一刻第一次無比同意蔚可可的自誇。

「那就拜託妳了，天才美少女。」

「全交給我吧，宮一刻。我來替你開路，送你過去！」蔚可可眉飛色舞地說，同時身子敏捷一扭，避開前方的一把長槍，隨即輕巧地躍上一塊拱成半人高的石板。

外貌令人想到可愛小動物的鬈髮女孩，轉眼間拉弓搭弦，碧綠光箭成形，接著便以和柔弱截然不同的凜冽力道射出。

第一支光箭飛出去了。

幾乎沒有時間差，第二支光箭立即成形。

然後，射出。

再來是第三支、第四支、第五支……

散發碧光的箭矢連珠疾竄向同一方位，每支箭的尖鏃都精準地對著前一支箭的箭羽。

那是何等驚人的瞄準和掌控能力。

就在光箭於空中接連成一條碧色路徑的剎那，做好準備的白髮男孩不假思索地往前衝刺，一個箭步踏上了被先前外力掀翻起的石板，再借力躍蹬。

只不過一晃眼，那抹矯健身影已在光箭上飛奔疾行。

衝天的火光和密集的青色長槍反倒遮擋住符廊香的視線，等到她發現前方有異時，白髮男孩已提著白針衝出遮蔽，以雷霆萬鈞之勢——

白針揚起，刺下。

接下來的一切都在瞬間發生——

符廊香驚駭瞪大的雙眼內烙下熾烈的白影。

所有暗色光球終於融聚在一起，在中央廣場上投下大片陰影，彷如烏雲罩頂。

青碧光點如城牆拔高，將整座繁花地周邊圈圍起來。

——然後在瞬間結束。

誰也沒有發現被棄置在邊緣、擁有粗糙人形的木頭人偶頓時崩爲黑泥，迅速滲入周遭縫隙，消逸無蹤。

前所未有的劇痛從符廊香心口爆發開來，朝身體各處席捲，吞沒了其他感知。

除了痛，再也感受不到分毫。

如劍長的白針貫穿鬼偶少女的前胸後背，她的眼睛瞪大至極致，驚駭的神情還凝固在那張半是潰爛、半是完好的面容上。

下一刹那，披裹紅衣的身形「嘩啦」地崩塌，在一刻眼前堆積成一灘黏稠黑泥。

白針順勢掉墜，在沒入黑泥前散爲光點，回到一刻手中。

這詭異的一幕讓一刻一時說不出話來，就連陸續趕到的蔚可可等人也掩不住愕色。

緊接著，黑泥像是沸騰般地冒泡。氣泡竄得急促，最後從黑泥裡隆起一團物體。

白金色的髮絲、稚氣秀美的面容，灼灼似石榴火的衣裙。

赫然是不再存有異變痕跡的宿鳥。

隨著宿鳥的身影完全暴露出來，滑離她身上的黑泥同時也收捲成一束，傾刻間化作另一抹裹著漆黑斗篷的人影跌落。

是符廊香！

沒有被一舉消滅的鬼偶少女看起來無比淒慘，她失了一手一足，心口位置這次真的被貫穿一個窟窿。

她就像苟延殘喘地拖著一口氣活著，隨時可能潰散得不成人形。

可是那張肖似柯維安的臉龐上，竟露出瘋狂可怖的笑意。

她說：「來不及了啊……」

她樂不可支地高喊，「你們看！來不及了啊！」

一刻等人猛地抬頭，駭然躍於一張張臉上。

偌大的暗色光團雖然正縮減體積，但是在它完全瓦解之前，終究會衝撞上封印。

而且在一、兩分鐘內就會發生。

末藥的法術甚至來不及在如此短的時間裡先行一步完成。

就在最壞的局面將要成形的瞬間，一刻身上發生了連他也未曾預料到的事。

一簇鋒利白光劃開一刻的長褲布料，從他腰間口袋內疾衝上天。

白光的速度快如流星，形體在上升途中越拉越長，轉瞬間就成為一柄修長劍影。

劍影瞄準的不是暗色光體，也不是荊棘圖紋，而是——昏黃天幕。

當傾盡全力一擊的劍影撞上那片昏黃，就像撞上一層薄脆的玻璃鏡。

霎時，天空破碎。

宛如曝光過度的奇異色調濺散成大大小小的碎片，如流星雨般往下疾墜。

現實中的藍色天空延展在缺口之後。

與此同時，還有一抹碩大黑影像砲彈般地俯衝進來。

「嘎啊——」高亢的鳥啼聲響徹雲霄。

體型驚人的大鳥挾帶旋風衝入暗色光團，尖利的鳥喙和爪子彷彿要將光體撕扯開來。

一部分光團的確被撕扯開了。

可是緊接著，那隻通體透黑的漆黑大鳥更像不小心失速，一頭撞上早就殘破不堪的廣場地面。

誰也無暇去關注八金墜地後的情況。

所有人都驚愕地仰望天空。

當八金衝出光團後，剩下的光團眨眼間被原本不存在的銀藍取代。耀眼的銀藍光輝乍看之下就像雷電的聚合體，最終速度不減地撞上由荊棘花紋組構出來的巨大圖陣。

桃紅的歪曲指針「卡」地往後推移，一格一格地倒退，齒輪鐘的邊緣被銀藍侵蝕，分解成粉末。

如同漫天的點點星辰灑落……

明明是安靜無聲的過程，卻又散發著難以言喻的壯麗輝煌。

除了蔚可可，一刻他們皆目睹過相同景象。

在寂言村，在乏月祭。

那是守鑰的力量。

第八章

當高空的桃紅色煙氣徹底消散，符廊香依舊維持著不變的姿勢，像座彷彿要凝固至永恆的雕像。

但她仰高的面容上，交織著不敢置信與顫慄，異色雙眸內震盪出激烈的波動，宛如無法接受自己到頭來猶然功虧一簣。

倏地，一聲不大的音響擊碎了像是要將廣場吞沒的死寂。

恢復尋常鳥類大小的八金，「啪噠」地摔墜在地，原先被牠爪子壓制住的暗色光團頓時像失去凝聚力地分崩離析，散成更多手掌大的光球，爭先恐後地往各方飛竄。

符廊香就像被這幅光景觸動，眼眸深處迸閃出熾光，像是燃燒到極致的火焰。

下一剎那，那抹殘破漆黑身影猝不及防暴起，像支黑色箭矢，欲衝掠向其中一部分的光球。

然而有人的動作比她更快。

兩條綠藤迅雷般到來，纏捲住符廊香的身子，將她重重往下扯拽，旋即數根碧色光柱迅速橫亙過她的身子，牢牢壓制。

符廊香就像個破敗的布娃娃，動也不動地被困於光柱間。兜帽蓋住了她的臉，黑影似的斗篷則像要將底下的身子吞吃殆盡。

就連那些躁動四竄的光球，也全被一層障壁擋下。

青碧色光點不知不覺中已完全包覆整座繁花地，所有光點瞬間連接成光罩，將此處萬物都收攏在裡頭。

綠髮碧眸的山神霍然抽起青色長矛，透著澄澈感的嗓音組織成古怪的音節，宛如喃誦，宛如吟唱，最後終化成明晰的語言。

「此乃眞實之地，所有的僞裝、虛假——在此皆無所遁形！」

無形的力量威壓轉瞬間席捲各處。

高聳參天的碧色光罩就像產生共鳴般，震晃出陣陣波紋。散發微光的波紋如潮水漫淹下來，凡被沖刷過的地方，異變隨之發生。

不對，或許那並不能稱爲異變。

因爲繁花地的一景一物、一草一樹，都回復成最初的樣貌。

幽綠色的迷宮崩塌瓦解，植物、砂石回歸原本位置；翻掀起的石板重新橫倒鋪展，破損的凹坑也被一點一點地填補起來。

包括殘存的暗色光球亦崩散成灰燼，散落在泥土裡，再也看不出差異地混雜在一起。廣場中央的山茶樹猛地晃動枝葉，將殘留的黑泥一口氣盡數抖落。朵朵如碗大的紅山茶遍綻其間，盛大而華麗，猶如即將燃燒起來的赤艷火炬。

波紋一併沖刷過一刻等人的腳下。

奇異的事出現了。

「宮、宮一刻！」蔚可可瞪圓了眼，吃驚的喊聲控制不住地衝出，「還有小安！」

不能怪蔚可可突然如此激動，因爲在她眼前的白髮男孩和娃娃臉男孩，都產生不尋常的變化。

前者的橘色神紋乍然擴散至半邊身體，臉頰、脖頸、手臂，皆能見到繁複的紋路；後者則是皮膚浮現一串串金色古字，數也數不清的金字聯結在一起，如同鎖鍊般，層層纏縛於柯維安身上。

一刻弄不清楚自己身上發生了何事，他只瞥視神紋忽然如植物枝葉攀爬至上臂。可當他瞧見成串金字從柯維安的皮膚底下浮冒出來，他心底大驚，險些以爲張亞紫施加在對方身上的禁制將要失去效用。

如果不是柯維安一臉困惑，好似也不知發生何事般眨巴回望著自己的話。

就是那表情，使得一刻重拾冷靜。

不對，當初禁制會破，是柯維安的心緒大受影響。動盪不安的情感削弱了禁制的威力，導致走上破碎一途。

但是看現在柯維安的樣子，擺明就是心理素質好得很，禁制不可能出現問題。

一想到這，一刻稍稍鬆口氣，眼角注意到黑令看了自己的食指，再看向柯維安，來回了幾次才將舉起的手放下，無意識繃緊的肩膀線條也放鬆。

換作其他人，只怕不能理解黑令這番莫名的舉動。

一刻本來也摸不著頭緒，可是他突然福至心靈，回想起乞月祭那一夜，那名灰髮青年曾咬破自己的手指，以自身的靈力與鮮血模仿傾絲，在柯維安的手臂上畫出一道臨時禁制。

也就是說，黑令那傢伙剛剛該不會是……想要再依樣畫葫蘆一次？

渾然未察一刻和黑令的心情變化，柯維安張握了下手指，確定沒有感受到禁制鬆脫的跡象，提至嗓子眼的一顆心迅速歸回原位，改雙眼放光地繞著一刻打轉。

「甜心、哈尼，好懷念啊……」柯維安雙手交握，眼神閃閃。

這名娃娃臉男孩總是有辦法在緊繃的氣氛中，快速轉換自己的心情。

「操，你是在懷念三小啦？」一刻瞪了一眼過去，被盯得渾身不自在。

柯維安那目光簡直像在打量自己的收藏品，例如那些跟小天使脫不了關係的周邊。

「哎唷，當然是小白你這特帥氣的樣子。平常就很帥氣了，不過神紋全跑出來，就只有那次與曲九江締結契約時……可惡，只不過是室友A而已，居然和小白你有了這樣那樣的關係！」

「關係你老木！這樣那樣是怎樣啊？」

「區區的室友B，你聽起來很有意見？」

一刻的怒吼和曲九江的冷笑同時飛來，柯維安馬上見風轉舵。

「沒有、沒有，沒有怎樣，也沒有意見。我只是想說，小白你現在的神紋是稀有版，所以當然要加上『特』才可以。」柯維安說得頭頭是道，卻只換來一刻的大白眼。

「謝謝你的說明喔，可惜老子完全聽不懂。」一刻沒好氣地說。

「甜心你眞是的，我相信曲九江鐵定懂我的意思。」

「啊，我也懂小安的意思了。」蔚可可恍然大悟地亮了雙眼。

「吵死了，妳叫曲九江嗎？」一刻不客氣地往蔚可可額頭彈下手指，把身後曲九江的靜默當作對方也贊同他的話，因此才懶得再搭理柯維安。

卻沒發現紅髮銀眸的半妖青年，竟破天荒地朝柯維安點點頭。

柯維安在這一瞬間，深深感受到他和曲九江成了心靈相通之友，簡稱心友。

嗯，不過也只有這一瞬間而已。

室友A平常實在有夠惹人嫌。

一刻光看柯維安的表情變化，就能猜出那顆腦袋裡約莫又在跑什麼亂七八糟的小劇場。他壓根不想深入追問，免得受到精神污染，他只想弄明白一件事。

「柯維安，所以你確定你沒問題？眞的沒問題？」

「嗯？啊，整叢好好，除了體力消耗過度，明天肯定全身痠痛加鐵腿外，仍舊是飄ㄉ的美少年喔，蜜糖。」

「那現在到底是怎麼回事？」一刻早就練就自動忽略那些無關緊要廢話的功力，「爲什麼你跟我……」

「不只是一刻你們，我想九江也是同樣的情況，一時間也不能回復純人類的樣貌。」伴隨著沉靜悠揚的聲音傳入，手持長矛的末藥也偕同珊琳走了過來。

「抱歉，你們暫時都會保持這樣，保持你們——眞實的模樣。」

眞實的……模樣？一刻等人先是一愣，緊接著想起方才的奇異吟誦。

「此乃眞實之地，所有的僞裝、虛假——在此皆無所遁形！」

莫非，跟這個有關？

「可可大人……」珊琳靠近蔚可可，虛浮的步伐讓後者立刻心疼地想抱抱對方，稱讚對方的努力。結果手剛伸出，那具嬌小的身子頓時像失去平衡，一頭往前栽倒。

「珊……珊琳！」蔚可可嚇得俏臉刷白，忙不迭張手攬抱住。

沒想到珊琳的體型忽然越縮越小，在蔚可可驚慌的眼神中變成了巴掌大，緩緩落在蔚可可的掌心上。

「別擔心，珊琳只是太累了。」末藥的解釋及時響起，安撫了慌張失措的蔚可可，「她耗了太多力量，才會撐不住，睡著了。變成這樣的大小，則是能讓她在最短時間裡好好休息。可可，妳的神使力量偏向水系對吧？」

「咦？是沒錯。」隸屬淨湖守護神麾下的鬈髮女孩下意識點點頭。

「山精與水系的力量很合得來，所以她才會不自覺地先選擇了妳，就讓她睡一下吧。」

「嗯嗯，好。」蔚可可戰戰兢兢地將迷你版珊琳放至上衣口袋內，就怕讓對方待得不安穩，「總之，這代表我會散發吸引人的特質囉？」

「……靠杯啊，妳到底是怎麼理解出這個答案的？不，閉嘴，不用解釋，惦惦就好。」

一刻果斷地抬手，阻止蔚可可的反駁，同時也裝作沒聽見柯維安在旁哀怨碎唸著自己的力量怎麼偏偏和水沾不上邊。

瞄了一眼被困縛在光柱間、不可能再有辦法逃脫的符廊香——事實上，那道被黑斗篷覆著的身影已經毫無動靜——一刻才又繼續問道：

「末藥，我們現在這樣……和你那個術法有關是嗎？」

「確實如此。」末藥輕輕頷首，抬眼望向恍如將外界隔離的柔和光罩，隨後任憑長矛驟散爲光點，邁步走向尚未回復意識的宿鳥，「眞實之地，僞裝和虛假都不復存在，等於讓一切回到本來的樣貌。隱藏的本質會顯露，施加的術法則是失去效力。」

「維安，在你身上施術的人比我強大太多了，所以只是出現術法的痕跡。還有一刻，我沒想到，你的神紋原來如此驚人哪。」

末藥一邊溫聲地說，一邊小心翼翼地將紅衣小女孩從地上打橫抱起。那愼重的態度，如同面對一項稀世珍寶。

見過末藥和宿鳥過去的一刻明白，對末藥來說，宿鳥的確就是他最重要的寶物。

像被末藥的動作驚動般，宿鳥的眼睫忽地眨了眨，隨即那雙紅銅色眼眸慢慢睜開，直到完全納入上方的清俊面孔。

「末藥……」微弱稚嫩的喊聲溢出，宿鳥有些吃力地舉起手，白皙的指尖碰觸上末藥的臉頰。她露出小小的微笑，眼裡水氣快速浮出，凝結成淚珠，顫顫地滾下眼角，「宿鳥很想你……」

不再是陌生的眼神，不再是缺乏某種情感的語氣。

這一次，宿鳥眞正看見了末藥。

「雖然『你』不在了，宿鳥還是……很想你……」

眞正地，承認了「末藥」已然逝去的事實。

撫摸著末藥的臉，宿鳥的眼淚越掉越多，聲音也不由自主地染上哽咽，「宿鳥眞的，很想很想你……」

「噓，妳累了，需要好好地睡上一覺。」末藥輕聲地說，眼裡是說不盡的溫柔，和更深、更深難以描述的情感。

「小白！」

「宮一刻！」

柯維安和蔚可可幾乎異口同聲地壓低音量，難掩一臉緊張地低喊。

一刻沒有回應，也沒有多加理會兩人反射性緊抓住他手臂的舉動，他的注意力全放在面前的景象上。

他自然和柯維安他們一樣，都看見宿鳥的身軀正在褪色。說是褪色也不太正確，宿鳥就像是逐漸轉成透明。

即使如此，一刻還是壓抑著震驚，不願在這個時候驚擾到末藥和宿鳥。

「你想太多了，小白，那名山茶花不會死，只不過是耗力過度，需要長時間的沉睡。」曲九江似乎一眼看穿一刻的心思，冷淡地扔來句子。接收到對方投來的訝異視線，他撇撇唇，沒有再進一步說下去。

或許本身也是妖的緣故，曲九江能敏銳分辨出宿鳥不是眞的要消失——否則她就不會流露悲傷，而是將欣喜與末藥終於能殊途同歸。

然而，會消失的一直都是另一個人。

末藥的色澤更淡了，彷彿只要再經過不久，就要和此處山林融爲一體。

「宿鳥，我送妳回去休息吧。」感受到懷中的體重越來越輕，末藥的語調也越來越柔緩，像是不忍打擾重要之人的好夢。

「末藥……」宿鳥並未回答，只是小小聲地問道：「宿鳥和末藥，會再見到面嗎？」

那是宿鳥的最後一句話。

話聲方歇，那抹裹著紅嫁衣似的嬌小身影，也消逝在一刻他們眼前。

一朵赤艷的紅色山茶花靜靜飄下。

她甚至沒有聽見末藥的回答。

「我想會的，就像這一次，我等到了妳一樣。」末藥闔攏掌心，看著山茶花落至當中，再碎濺成一股光點。

像是螢火的光點全數往前方山茶樹飛去，復而隱沒。

當最後一顆光點沒入樹幹內，開滿整樹的紅山茶霍然盡數閉攏，縮閉成花苞。花苞越縮越小，終至消失蹤影，徒留一樹濃綠。

山茶樹安靜地矗立在廣場上，彷彿任何妖異變化都不曾出現過。那不合時宜的花綻，也猶如只是一場錯覺……

在這場似乎無人願意打破的寂然中，驀地，末藥不明顯地輕「咦」了一聲，目光也隨之從山茶樹轉向，改凝望向另一側。

那裡躺臥著受到淡綠光流保護的幾抹年輕身影，包括符芍音在內。

一刻他們只來得及注意到末藥忽然一抬手。

下一剎那，符芍音上方乍現一團青碧光球。

等到光球像是受到無形之力的牽引，飛來末藥身前，所有人這才發現，那實際上是一層薄薄的青膜，包覆在一顆潔白的球體周圍。

「那是什麼？」一見到光球從符芍音上方出現，柯維安的心立刻又提得高高，各種負面猜測飛快閃過，「難、難道說，小芍音在成爲人質的時候，還有被施下什麼術法嗎？末藥，你剛不是提到，在你創的眞實之地裡，施加的術法皆會失去效力……等等，術法？」

柯維安猛地張大眼，「術法」兩個字觸動了他的記憶一角。那些因爲一連串事件發生而被他擱置的片段，在此瞬間一口氣湧了上來，沖刷過心頭。

——白髮紅眼的小女孩瞬也不瞬地注視著自己，稚氣卻平板的聲音說：

「奶奶，遺言。」

「遺言，封在我體內。」

「奶奶交代，只能哥哥和白白可以聽。」

「其他人，不能聽。公會，不能聽。遺言，我不知。」

言猶在耳的句子，令柯維安不自覺屏住呼吸。

「柯維安，你知道符芍音身上有什麼嗎？」一刻從柯維安的反應猜出可能的答案。

「我不確定是不是我知道的那個……」柯維安乾巴巴地說。

末藥的嗓音同時響起。

「這是將聲音完整保留下來的術法。一般而言，都是爲了傳遞訊息。有人將它放在芍音體內，我猜是希望透過芍音傳話。如今卻誤打誤撞，因爲我的關係被釋放出來，現在則是被我暫時再封住。怎麼說都是他人隱私，不論在怎樣情況下，都不該隨意侵犯。」

「好吧，我敢肯定是我知道的那個了……」柯維安搓搓臉，喃喃地把未完的話接下去。

「事實上，我也是不久前才知道的，就在我衝出去找小白你和曲九江之前。小芍音告訴我，傾……符邵音有遺言留給我，只不過遺言被封在小芍音體內，所以連她也不清楚內容。」

「遺……」一刻啞然，根本沒想到那顆光球裡，存放的居然是如此重要的東西。

「符邵音就是小安你提過的傾絲對不對？但是，爲什麼要這麼大費周章？照理說，她當時直接找你過去的話，不是最快了嗎？除非……」蔚可可反射性的猜想還未來得及全脫口，就有人把話接了過去。

「除非……她不想讓人知道，她留了遺言要給維安你哪……」

那是一道氣若游絲的聲音，卻宛如鞭子在半空中抽出凌厲的一聲，驚得一刻等人大力扭頭。

身上橫亙多根光柱的黑色人影竟然有了動靜。

符廊香以一種極爲緩慢的速度撐抬起頭，似乎這個簡單的動作需要花費她全部的力氣。

確實也是如此。

除了喪失一手一足，那具胸口被貫出一個猙獰窟窿的身子，此時正用肉眼可見的速度崩潰。漆黑的斗篷連同底下軀體，就像焦炭般一塊塊剝落下來，砸墜在地面上，散成粉末。

很快地，那份崩潰就會蔓延至全身。

明眼人一看就能明白，鬼偶少女眞正走上末路了。

「哪，遺言究竟是什麼？也說給我聽聽好嗎？我啊……眞的眞的很想知道哪，維安……」即使境況無比淒慘，鬼偶少女還是眼帶笑意地說著，好似未察覺到瓦解已來到她的上半身。

一刻他們像是沒有發現符廊香對柯維安改變了稱呼，他們僵立原地，如遭雷殛，彷彿目睹某種難以置信的恐怖光景。

卻不是符廊香的身形正在崩碎的緣故。

「不……」柯維安就像被人掐住脖子般發出驚恐呻吟，娃娃臉上的血色「唰」地盡退，他的手腳發冷，很快那股冷意就會將他的體溫吞吃殆盡。

「不可能……」一刻嘶氣地說。

就連曲九江也是瞳孔乍縮。

「呵……」過不了多久就會碎成一地黑灰的鬼偶少女猶如被眾人的反應逗笑般，拉開天真爛漫的笑弧。

「哎啊……」

那還是符廊香的臉。

「一切的虛假、僞裝皆無所遁形嗎？那就只好被你們發現了，原本是想當作給你們的驚喜的哪。」

雙眼依然異色並存。

但混濁的色彩不再，成爲純粹的一眼猩紅、一眼幽藍。

「姊姊留給你的遺言是什麼？也讓我聽聽好嗎？」

斗篷兜帽下的紅茶色髮絲徹底被幽青色取代，垂散一地的青絲簡直像蛛網交錯。

柯維安的腳下一個踉蹌，幸賴黑令眼明手快地扯起，幫忙穩住了他的身勢。

似乎不察手臂上的強硬力道，柯維安只覺惡夢再現，顫慄漫淹上來，令他不能呼吸。

眼前的鬼偶少女還是符廊香的相貌，但那是情絲的眼、情絲的髮、情絲的冷酷與顛狂。

那是一個符廊香與情絲的融合體！

一刻終於明白與符廊香的那些對峙中，他所感受到的違和感是怎麼回事。

那時候，一點也不像是符廊香在說話，更像是情絲透過同一具身體在與他對話。

但是這份領悟只讓一刻心底發涼，這等同在闡述一項事實。

符廊香並不是從任何一位情絲一族的人獲得力量。

她的力量，就是來自應該在乏月祭已被消滅的情絲。

「妳吃的不是傾絲的骨灰……」一刻想到的事，柯維安同樣也想到，他乾啞地說，「是情絲……」

「不對。」倏然插口的是末藥。他緊盯著那抹變了一個樣的漆黑人影，聲音透出嚴厲，「妖怪間的單純吞噬，並不會連相貌特徵都一併變換，更遑論只是吞了別種妖怪的骨灰——妳們融合了。」

一開始，柯維安像是無法理解末藥說的最後一句話是什麼意思。

等到「融合」兩字眞正撞進腦海，他頓覺胃部像是被強行塞入大量冰塊，血液裡的溫度則被一併帶走，冷得令他全身不住打顫。

「不可能……這不可能……」柯維安的聲音沙啞得連他自己都快認不出來。他看見末藥臉上閃過淡淡的訝異，像是不解他的反應為什麼如此劇烈。

末藥不明白曾發生過什麼事，可是柯維安永遠也不可能忘記……他急促呼吸著，指甲不自主地掐著自個兒掌心，雙眼染紅般凶狠瞪著擁有情絲特徵的鬼偶少女。

「妳明明早就死了……妳明明在彡月祭的時候早就死了，情絲！」

拔得尖銳的大喊砸下，換來的卻是符廊香的惡毒高笑。

「那當然是因為情絲大人逃了啊！」

「那當然是因為我逃了哪。」

不同的嗓音，不同的稱謂，都是出自同一人之口。

少女的高亢和女子的輕柔交錯出現，語速越漸加快。

崩壞也一併侵蝕了符廊香的上半身，更多的焦黑炭塊剝落，可是那雙異色眼瞳迸射出來的，是愈發駭人的光芒。

「情絲大人並沒有死去。」

「但是離死也不遠。」

「鳴火的火焰簡直太可恨。」

「不過是令人作嘔的小半妖，憑仗著自身種族的優勢，當眞以爲自己多強大了嗎?別逗我笑了哪。」

「可也是那卑賤鳴火的緣故，燒燬我的分身，還令情絲大人險些死亡。」

「可愛的廊香想要更多的力量。」

「情絲大人想要活下去。」

「那是我的願望。」

「我的希望。」

「我的渴望。」

截然不同的聲音逐漸揉合在一起，最終合而爲一，既混著天眞，又滲著冰冷的瘋狂。

「瘴啊，是會把一切欲望都吞吃殆盡的存在，永遠也不可能滿足。瘴靈融合還不夠，瀕死的妖也可以一併融合……你還不懂嗎，維安哥哥?」

符廊香的半邊肩膀已淒慘地崩解，但她彷彿什麼也感受不到。

「我是鬼，我是瘴異，是符廊香，現在也是情絲。我等合成爲我，但我依然是部分，我將和其餘的部分成就『唯一』。在你們想出我爲何能從守鑰的結界逃出之前，不如我先來告訴你們一個祕密吧。」

焦黑擴散到符廊香臉上，「啪」的一聲，又是一塊焦炭墜地，那張不完整的臉孔看上去如此怵目驚心。

「在乞月祭時，我其實是將自身分成三等份，一份燒燬了，一份正在破碎中。你們猜猜，最後一份會是在……」

最後一塊焦炭硬生生砸碎於地，讓那句未完的句子只能永遠斷在那裡。

光柱下，只剩下遍地漆黑粉末。

風一吹，將那些微小粒子捲起，飄飛得不知去向，連能證明符廊香曾經存在這裡的痕跡都沒有留下。

然而一刻他們卻覺得渾身發寒，絲絲涼意不斷從心裡滲出。

情絲沒死……

那名總是噙著妖媚微笑，可骨子裡無比冷酷的青髮女子居然沒死……

她不但從守鑰堅固的結界脫逃，還和符廊香融合了！

這就像一個最惡劣的玩笑，偏偏它確實發生了。

發生在一刻他們所有人面前。

他們明明阻止了封印的破裂，可是到頭來，事情根本沒有因此宣告結束。

這嚴苛的現實如同狠狠賞了一刻他們一巴掌，但同時也打得他們猝然回過神。

「三……三等份？也、也就是說……」向來憋不住話的蔚可可率先結結巴巴地喊，俏臉煞白，「還有……還有一個符廊香⁉」

「這他媽的也太纏人了吧！」一刻一拳砸向虛空，破口大罵，「簡直該死的沒完沒了！」

「小白，恐怕眞的要沒完沒了了……」柯維安接近呻吟地說。

現在的符廊香不只是瘴靈融合，還與情絲融合，原先的狡猾惡毒再加上瘋狂，可以說是比棘手更加棘手。

「我們必須要……天啊，我們必須想辦法找出她，否則她接下來會做出的事，只會更加超乎我們的想像。」柯維安嚥下不停冒湧的慌亂，強迫自己拚命思考，將符廊香留下的隻字片語從頭到尾拆解，從裡頭抽絲剝繭。

只有這樣做，才能眞正幫上他們的忙。

「第一個分身在符家被曲九江的火焰燒了，第二個剛剛也在我們面前化成灰燼；與情絲融合則是從第二個分身開始，但情絲當時已經傷重瀕死，不可能成爲宿主，所以才採用融合一途，換句話說……」

「她並沒有，實質的軀體。」黑令冷不防地接下話。他平常只是懶得開口，思路其實比一般人還要敏捷，頃刻間就抓到了重點。

「沒錯，所以符廊香一定會去找新的……」柯維安的聲音忽然凍住。他瞠大眼，猛地一個激靈，先前散落、看似無用的訊息，此時都自動串聯了起來。

符廊香要入侵宿鳥，是爲了操縱繁花地深埋土裡的靈力。

那麼，符廊香又是爲了什麼，要幫宿鳥塑造出末藥的新身體——在她明知末藥早就消散天地間的前提下。

驚慄像蛇一般爬上柯維安的後背。

那不是爲了幫宿鳥，是爲了她自己。

符廊香要那具身體！

「那個木頭人偶！」一刻也在瞬間醒悟過來，他倒吸口氣，像是有盆冷水驀然從頭頂澆淋下來，令他的心裡擴散出寒意。

他們完全忘了要去留意那具木頭人偶的去向。

但是不待眾人反射性四下張望，一道平靜的嗓音先開口了。

「來不及了。」

一刻等人望向末藥，接著怔住。

綠髮碧眸的男子在不知不覺中，竟只剩下淡淡的輪廓，有如朦朧的煙氣，可以大致看見他身後的景象。

「在我施術時，就已察覺不到人偶的存在，顯然那名瘴異早就做好準備。如果可以，我由衷地希望自己能再幫上你們的忙，就像你們為我和宿鳥所做的一切。可惜，時間不允許了……」

末藥將近乎透明的手掌置於胸前，他露出一抹沉靜又帶一絲悵然的微笑，宛如致意般對著一刻他們彎下腰。

「真的，很謝謝你們。」

然後，那抹殘影就在刹那間消融於空氣之中。

山神的思念體真正地消失了，再也不復存在。

隨著那抹碧色散逸，籠在繁花地上方的光罩也趨向透明，廣場上的光柱也跟著越褪越淡。

接著，一刻和柯維安身上的神紋、金字分別隱沒；曲九江的髮絲從赤艷轉為深色，唯有一雙銀星似的眼瞳還保留著妖化的特徵。

最後，包裹在光球外的青膜消失。

失去保護的光球轉眼間如氣泡般破裂。

「啪」的一聲，有人的聲音流洩出來。

蒼老、透著一絲嘶啞，但不管在何種情況下，都不會輕易顯露出虛弱。

那是符邵音的聲音。

那是符邵音留給柯維安的遺言。

她說：「封印並沒有回到我體內。」

她說：「當心那個男人。」

第九章

當心那個男人？

哪個男人？

就算是數百年間見過無數風浪的范相思，在第一時間藉由劍影碎片聽見了符邵音的話語後，也是足足呆愣了好一會兒。

所有思緒像是瞬間宣告停擺，耳邊嗡鳴聲不止，將窗外的車聲、人聲全部覆蓋過去。接著是冰冷一點一點地由心頭擴散，直到把溫度剝離得絲毫不剩。

范相思捧著的平板從手中滑落在地，那聲音霍然驚醒她。她反射性彎下腰，想伸手撿起沙發下的電子產品，然而她的手指卻是微微發抖，試了好幾次，都沒辦法對準目標。

范相思猛地將手收回，她緊捏著微顫的指尖，客廳內的燈光將她臉色映照得分外蒼白。

這名短髮劍靈就像不覺自己施加的力道爲她帶來了疼痛，腦海內全瘋狂充斥同一句話。

「封印並沒有回到我體內。當心那個男人。」

雖說沒有參與乞月祭事件，但范相思知道「唯一」的其中一個封印，就藏於情絲與傾絲這對雙生妖怪體內。

情絲死去，合爲一體的封印則回歸到傾絲身上。等到她去世，便會傳給下一任的情絲一族之長。

照理說，該是這樣的。

他們所有人都以爲會是這樣。

但如今，傾絲的遺言卻推翻了這一切。

范相思的呼吸變得有些急促。

什麼樣的情況下，封印才會沒有回到傾絲體內？

除非那個封印……根本就沒有被修補、被鞏固。如果眞是這樣，那又爲何需要借助灰幻和曲九江的力量？

那些力量……被用在什麼地方了？

灰幻他們在乏月祭那夜所目睹的光景，究竟又代表著什麼？

越是思考，范相思越是止不住顫慄，冷汗甚至淌濕了她的後背，向來的氣定神閒早就被這驚人到恐怖的消息一把揉碎。

當一切的一切都指向同一人時，范相思頓覺前所未有的恐懼幾乎讓她滅頂。

傾絲說，當心那個男人。

那個男人——安萬里！

范相思霍地摀住嘴，否則尖厲的抽氣聲就要控制不住地衝出來。

這不可能、這不可能，這未免太過荒謬……那可是安萬里，老大的左右手，他們的副會長，「唯一」的天敵，守鑰！

即使喜好偏差，但那名總是掛著溫和笑容的男人，一直都是如此可靠，備受後輩信賴。甚至還爲了保護宮一刻他們，讓自己受到重傷，必須留在公會裡休養……

范相思無意識放下手，漂亮的貓兒眼瞠大，她終於發覺哪裡不對勁了。

面對當時近乎瀕死的情絲，憑安萬里的本事，有可能如此容易就讓對方脫逃成功嗎？

縱然眞的被情絲鑽得空隙逃逸，安萬里又豈會沒有發現？

但是，安萬里什麼也沒有透露。

越是重新思考，范相思的心就越是下沉。

安萬里的舉動，讓所有人都以爲情絲眞的死了。

而當符廊香施展出屬於情絲一族的力量，惡意地說著自己是吃了傾絲的骨灰，安萬里依然保持沉默。他明明猜得出來，符廊香獲得的力量，最有可能就是來自情絲。

於是爲了調查清楚，惠先生和紅綃奉命前往情絲一族的領地——安萬里就是故意要讓他們離開公會。

警衛部部長和開發部部長不在，就連張亞紫也因送神日返回天界，如今神使公會裡，幹部級以上的人物就只剩下胡十炎、灰幻，還有……

安萬里。

范相思掌心不禁泛出一片濕冷，這分明是調虎離山之計。

如果安萬里要趁這時候做出什麼事，都太容易了。而不管他要做的是什麼，都絕對不會是讓人樂見的結果，否則他壓根不必如此大費周章。

既然如此，安萬里的目的到底是什麼？

范相思的思緒一瞬間凍結，一個駭人的念頭躍現。

從西山岩蘿鄉開始，再到符家寂言村、黑家繁花地，所有跟「唯一」有關的行動，他們都是依照安萬里的指示，對安萬里提供的資訊深信不疑。

他們從來沒想過要懷疑。

「唯一」、蒼淚、守鑰、封印、污染……無數的情報堆疊出他們現今所知的眞相之塔。

但是當最底下的基座到頭來只是虛假，眞相頓時就像被抽離了支撐的積木，轟然倒塌。

范相思臉上血色盡退，驚恐在她的腦子裡炸開，逼得她不敢浪費一分一秒。她飛也似地抽起平板，揚手往螢幕上快速一劃，拉出數張和公會直接聯繫的通訊光屏。

可是光屏裡什麼畫面也沒有，只有雪花般的雜訊跳躍閃動。

范相思很肯定自己這方的通訊沒問題，那麼就是有人刻意屏蔽了公會那邊的通訊。

老大不會這麼做，他保證通訊會一直開著。那麼、那麼，就只有……

抑制不了的寒意不斷從范相思骨子裡竄出，她咬牙，果斷放棄再嘗試，拖著裂痕擴大的身子往客廳另一角衝。

她的手機就被扔在那。

必須要趕快通知老大，必須趕快警告老大，要他和灰幻當心安萬里！

「快接、快接……天殺的，快給本姑娘接通啊！」范相思心急如焚地對著響個不停的手機高喝。

鈴聲乍然歇止。

然而就在手機另一端傳出話聲時，范相思只覺如墜冰窖。

那是安萬里的聲音。

聽見開門聲自後方響起，安萬里放下被他切斷通訊的手機，緩緩轉過身子。黑髮金眸的小男孩手裡端著一碗黑呼呼、疑似湯藥的東西，滿臉嫌棄地走進房間。

「喏，開發部那塞來的，說是要給你這老妖怪補補身子……居然還要勞駕本大爺親自替你端過來。」胡十炎咂下舌，將碗往桌面「砰」地一放。看起來粗暴的力道，卻未讓湯汁濺灑出分毫。

胡十炎接著看見安萬里的手指還搭在他的手機上，銳利的目光頓即一掃。

「你對我的手機做了什麼嗎？要是你敢下載什麼莫名其妙的圖片，管你是不是傷患，我都會讓你知道『後悔』兩個字怎麼寫！」胡十炎拉開的笑容裡帶有一絲天真，可金眸底處閃動的是貨眞價實的凶獰光芒。

「放心好了，十炎，我也是很愛惜自己的身體呢，可沒打算體驗被你一尾巴掃出去的滋味。」安萬里指尖抽離手機，溫和地說道。

「嘖嘖，你是把我想得多凶殘啊。頂多只會一尾巴將你抽回床鋪上，外加骨頭裂個幾根。你看，還是挺溫柔的不是嗎？所以本大爺的手機怎麼了，值得你連傷患義務都忘了，特別跑下床？」胡十炎揚高眉梢，語氣苛刻。

但凡是熟知他性子的人就會知道，在他的毒舌下，總是藏著一份關懷。

安萬里和胡十炎認識百年，自然明白對方只是嘴上不留情面。長久以來，他所熟悉的胡十炎都不曾改變過。固執、頑強，對認定的事就算撞了南牆也不回頭。

也就是他的這份執著，才會有神使公會如今的屹立不搖。

安萬里忍不住微微一笑，瞇起的眼眸更顯柔軟。

「你沒事又露出這種狐狸笑幹嘛？」胡十炎卻是搓搓手臂，一點也不樂見對方的這副笑容，他挑剔地打量安萬里一眼。

衣袖下，那隻雖然已有輪廓成形的手臂，依舊令他感到無比刺目。

明明就是隻黑心的老狐狸，竟還會被一個年紀不到他們十分之一的小鬼偶耍弄？

「太沒用了，看看你現在這德性，不是說禍害遺千年嗎？啊？」胡十炎恨鐵不成鋼地咂嘴罵道。

安萬里早就習慣這位頂頭上司兼好友的思路，有時候會風風火火地突然轉向，也沒問胡十炎怎麼繞到這話題上，只是一貫好脾氣地微笑。

「是、是，會遺千年的，所以十炎你不用太擔心。能得到和夢夢露同等的關注，真是我的榮幸呢。」

「哈?你傻了吧?夢夢露如果是排在這裡……」胡十炎踮高腳尖，接著皺皺眉頭，像是覺得這樣不夠，改踩跳至房間主人的書桌上，比了一個和他頭頂差不多高的高度；再一躍而下，將手掌挪往腰間，頓了頓，還是決定再下移一些。

「你最多到這吧。行了，本大爺已經相當好心地告訴你在我心中的評價有多高了。現在……」

胡十炎倏然瞇起眼，金澄色的眼瞳犀利如刃。

「把無意義的廢話嚥回你的肚子裡，我來這可不是要看一個無自覺的傷患忙個不停。繁花地那邊的事用不著你操無謂的心，要是眞有什麼不對，范相思會馬上聯繫我的，沒消息反而是好消息。」

瞥向那碗烏漆墨黑、完全認不出是用什麼材料熬成的可疑湯藥，思及自己也沒把握喝下去會不會出妖命，胡十炎將命令人喝藥的念頭先推到一邊，改豎起三根手指頭。

「給你三個選擇。一，自己回床上去；二，被我踹回去；三，被我用尾巴抽回去。」

說完，胡十炎投映在地面上的影子，赫然無聲地伸展出一條碩大黑影，乍看之下就像一條不懷好意的大尾巴，不停地擺晃著。

安萬里舉起雙手，做出投降狀，臉上掛起傷腦筋的苦笑。一如往常般，他總是拿自己這名好友沒辦法。

「我明白了，我會選擇選項一的，你還是把二跟三的選項收起來，順便省下你的力氣吧，十炎。」

「啐，眞沒勁。」胡十炎彈下舌頭，像是無比惋惜般，地上黑影頓時跟著收起。

「但是關於你最早問我的問題——我爲什麼要拿你的手機？」安萬里放慢語調地說，「因爲你的手機響了。」

「咦？」

「事實上，是范相思打過來的。」

「什……」胡十炎睜大眼，驚訝和焦急剛掠過心頭，以爲是繁花地那邊出什麼意外之際，又聽見安萬里沉穩的聲音說道。

「不是繁花地的事，她只是要跟你說別的事。只是剛說完，你的手機似乎就沒電，忽然自動關機了。十炎，我不是常告訴你，手機要常充電嗎？」

「囉嗦、囉嗦，你不只是老妖怪，還像個老媽子，當心我以後喊你老媽喔。」胡十炎沒好氣地回嘴，提起的一顆心隨之又放下。

眼見自個兒的手機被遞來，胡十炎伸手接過，低頭擺弄。

「還真的被關機了……是說，為什麼范相思不直接用開發部弄出來的通訊屏聯絡？我明明跟她說會全天候開著……」

——快走，記得我說過的。

那是很輕很輕的一句話，似乎一不留神就會融入空氣中，不被人察覺。

但是身為妖狐，胡十炎耳朵格外靈敏，他並沒有錯過。

而且，那是安萬里的聲音。

胡十炎停下擺弄手機的動作，他抬起頭，望見的卻是安萬里一如以往的溫煦笑顏，一點異樣也沒有。

彷彿不明白胡十炎為什麼會突然緊盯自己不放，安萬里的笑意漸漸變成疑惑的表情。

「怎麼了？」

「你剛剛沒說話？」

「我剛才有說話嗎？不過，我現在的確有話要告訴你。正確地說，我是幫范相思傳話，她說——」安萬里俯下身，拉近與胡十炎之間的距離，「要你立刻、馬上快逃，快點逃離我的身邊。要不然，你可能會死。」

胡十炎與那雙不知何時染成碧色的眼瞳對視數秒，隨後再也繃不住表情，不客氣地噗哧一笑。

「……哈？這是最新的笑話嗎？范相思什麼時候有這種無聊的幽默感了？你居然還幼稚到陪她一塊玩？嘖嘖，安萬里，我都要懷疑你傷到的是腦袋了。本大爺難道會怕你……」

胡十炎忽地張大眼，露出了像是茫然又不解的神情。倒映在那對金耀眼眸中的，依舊是他最熟悉的友人臉孔。

安萬里的微笑弧度沒有任何改變，他總是以同樣的表情做著許多事。

像是和公會同伴開玩笑，給予後輩和學弟指導，若無其事地強迫推銷自己的奇特愛好。

還有——

胡十炎的茫然猝地碎裂，驚駭與不敢置信從裡頭溢滲，席捲了他急遽收縮的瞳孔。

不祥的幽藍色正快速吞噬安萬里雙眸中的碧綠，先是眼珠，再來是眼白，終至完全吞沒色彩的界限。

——將自己的手臂刺入好友的胸膛。

房間裡，一大一小的身影是如此靠近，就像最親密無間的同伴，但是液體滴墜下來的聲音顯得如此突兀。

滴答、滴答、滴答……

鮮血沿著刺穿胡十炎後背的五指匯流，再安靜地滑落指尖，滴落在光鑑的地板上，砸出不規則的形狀。

很快就積出一灘小小的血泊。

「你是該害怕，十炎。你看，我不是說了嗎？你可能會死。」安萬里依舊那麼平靜溫和地說道，笑容和煦，令人想到秋日的午後陽光。

胡十炎只感到全身發寒，那份冷意簡直凍徹心扉。

「你……咳！」這名六尾妖狐剛擠出一個音節，就覺得濃烈血氣翻湧上喉頭，嗆得他拼不出完整的話。

被驚駭麻痺一瞬間的劇痛，也在下一秒張牙舞爪地到來。

胡十炎一點也不愚蠢。當他看見安萬里雙眼化作一片純粹的幽藍，原本他一直無法理解的諸多疑點，頓時也都有了答案。

他只是不願去相信。

不願相信自己最信賴的朋友、同伴、部下，竟然會毫不留情地，一手破開他的胸膛。

即使感到鮮血從喉嚨裡湧溢了出來，胡十炎還是緊盯著面前那個俯低身子，像是與他進行日常談話的男人，將哽在心口的猜測費力擠出。

「你早就……被污染了？」

情絲體內的封印出現裂縫，不知歷時多久，才讓她的一隻眼瞳因污染而化成幽藍；但是安萬里的一雙眼睛，則是徹底被這不祥的色彩侵佔。

這只能說明一件事——在更早，在誰也沒有察覺的時候，安萬里就已經……

胡十炎猛地一手抓住安萬里的手臂，想要將它從自己體內扯出，更像是要大力地掐抓至斷裂。

「瓏月被瘴異入侵……是你搞的鬼!?」

「是的，這就是答案。」安萬里似乎不在意臂上被冒出的利爪刨刺出血洞，他仍然溫和有禮地回答胡十炎的質問，那僅回復輪廓的另一隻手臂搭上胡十炎的肩頭。

這個親暱的動作，頓時讓彼此間的距離更近一些。

同時，也讓安萬里的手臂愈發沒入胡十炎的胸膛。

滴落下來的血液加快了流動的速度，地面上的血窪漸漸擴大。

劇烈的疼痛如火焰焚燒著胡十炎的知覺，但就算如此，他還是清楚聽見那一句句傳進耳內的話語。

「『唯一』的封印由守鑰偕同四大妖之力共同完成，因此解開封印，也需四大妖之力。」

「岩蘿鄉，妖狐的阮鳳娘和左柚。寂言村，嗚火的九江學弟。繁花地，吞渦的里梨……不論是何種方式，那些力量都傳遞到封印上了。」

「至於最後一個封印，我想，我不必擔心找不到情絲。」

胡十炎瞪大眼，符廊香的名字瞬間撞入他的腦海，接著他聽見安萬里眞誠地說：

「我還要謝謝你們的幫忙呢，十炎，這讓所有事情變得容易許多。」

在胡十炎金澄的瞳孔急遽縮成針尖狀，六條成形的黑影從影子內猝然暴起之前，雙眼被幽藍覆蓋的男人露出了心平氣和的微笑。

「世人皆以為守鑰是『唯一』天敵，卻不知我等是由蒼淚的部分而生。我等是守鑰，是守護『唯一』之鑰。現在，已經知道一切的你，可以麻煩去死了嗎？」

當灰幻粗暴破壞門外的淡白障壁、衝進安萬里房內後，他第一眼見到的就是胡十炎按著胸，驟然跌跪在地的景象。

怵目驚心的紅血就像被扭開的水龍頭，汩汩地從胡十炎的指縫間溢出，染紅他的手背、衣物，在身下匯聚成一灘血泊。

泛著微光的光壁宛如箱子般圍蓋在胡十炎身周，但那不是保護，更像是囚禁。

衝入安萬里房裡的灰幻僵在門口處，撞入他眼底的大量暗紅讓他腦海一片空白，彷彿無法相信他們公會裡最強大的存在，居然會如此虛弱地跪倒在眼前。

而且，渾身是血。

但是，等到灰幻的視野納入了另一名男人，那名右手沾滿駭人血污、眉眼卻依舊溫文儒雅，甚至透出一絲無害的男人，閃動在他臉上的震驚與不敢置信破裂，化作一股巨大狂怒。

「安萬里——」

蒼白色的奇異虹膜像燃起熾火般，灰幻的一隻手臂倏然分解成無數灰色結晶。每一顆稜角銳利割人的粒子匯集在一起，有若張牙舞爪的凶獰大蛇，迅雷不及掩耳地衝向佇立在一旁的安萬里。

然而灰色結晶體卻在下一秒撞上一堵堅不可摧的屏障，再也進逼不了分毫。

灰幻瞳孔凝縮，只見安萬里抬起手，六角狀的淡白光屏如盾牌般擋在他身前，輕易攔阻下自己的攻擊。

「這不明智。」安萬里溫聲地說，態度和平時沒什麼不同，彷彿他只是在例行會議上，好脾氣地勸阻再度與紅綃起衝突的灰幻。

但是，一切都改變了。

胡十炎身負重傷，血流不止。

安萬里的雙眼染成不祥冷酷的幽藍色。

尖銳凶猛的憤怒竄上喉頭，灰幻咬牙，戾意染紅他的眼角，使得那張猶帶青稚的臉孔透出一抹猙獰。

灰幻作夢也沒想到，就在神使公會、就在他們的大本營，他們的領導者竟會遭到出其不意的攻擊。

而攻擊者不是別人，偏偏是地位僅次於胡十炎的安萬里！

照理說該是他們同伴的男人，明顯以擊殺目標的力道下手，毫不留情，果決冷酷得令人打從心底發寒。

在接到來自范相思的電話時，灰幻還不能明瞭爲什麼一向氣定神閒的短髮劍靈，會以嚴厲卻又帶著驚懼的口吻，要他立刻找到胡十炎，要他們千萬當心安萬里。

雖說內心不解，灰幻還是在第一時間採取行動。

從其他公會成員口中得知胡十炎的去向，他隨即趕往安萬里房間，但門外那像是阻撓他人進入的淡色結界，頓時讓他的一顆心不住下沉。

好端端地，安萬里不可能架設結界。

事出反常必有妖，范相思說的沒錯，安萬里果然有問題！

最後，隨著阻擋的結界破碎，躍入灰幻眼瞳內的畫面，也當場令他的血液爲之凍結。

自己的攻擊被人擋下，灰幻眼中掠過厲芒。他紮綁在背後的髮絲瞬間分出一截，化爲大量淺灰細針。

宛如一場針之雨，鋪天蓋地般全部鎖定安萬里而去。

只不過，安萬里的速度還是比他快。

不，那名藍眼男子甚至沒有顯著的動作，只見手掌大的光屏密密麻麻地平空聚集，再一次不費吹灰之力化解了灰幻的攻勢。

「我告訴過你了，灰幻，這很不明智。」與灰幻暴怒急躁的眼神相反，安萬里露出一個近乎傷腦筋的表情，好似拿小輩沒轍的長者。「顯然，我們該速戰速決呢。」

安萬里輕吐出一口氣，手指看似隨意一動，懸停在空中的所有光屏瞬間往四邊拉長，簡直就像一張張網子，猛地將滿天細針一併包裹住。

就在這刹那！

一道影子快若疾雷地自灰幻身後衝了出來，速度迅捷得連肉眼都難以完整捕捉。

包括安萬里在內，他同樣沒有預料到這抹疾影的出現。

等他下意識大睜的眼裡倒映出那抹影子時，泛著森森冷光的洋傘傘尖已如突刺的西洋劍般，來到他的面前。

是秋冬語！

誰也沒想到應該待在開發部實驗室的長髮女孩，爲何會選在這個時刻現身——她不可能知道這裡發生什麼事。

但她的確出現了。

而且動作安靜猛烈，眼看就能將蕾絲洋傘送入安萬里的身體裡。

但是，沒有。

秋冬語表面淡漠，實則波濤洶湧的墨黑瞳眸張大，看見堅硬的傘尖竟被阻擋下來。

安萬里的手掌不偏不倚抵在蕾絲洋傘之前，阻斷了洋傘再有前進一步的機會。

從那完好無缺的掌心中央，赫然浮出灰黑色的石片，它們像鱗片般分布排列，擴散到整隻手。

隨即那些包圍住灰色細針的光網霍然鬆放開，使得裡頭的細針無預警改變方向。

下一秒，半空中的灰針有如密集的暴雨，當頭灑向秋冬語。

秋冬語立刻抽傘，飛也似地往後大步連退。待足尖方一踏地，她迅速迴身，手上的淡紫洋傘頓如花朵綻放。

滾飾在周邊的蕾絲瞬間延伸，洋傘的面積漲大了數倍，像一面巨大的保護之盾。看似柔軟無比的傘面，卻比金屬還要剛硬難摧。

秋冬語的手腕擺動飛舞，頓時只聽得房內一陣「叮叮噹噹」的清脆音響，漫天細針被擊飛，泰半針身都深深沒入牆面、地板和天花板。

緊接著，那些細針就和剩餘尚未接近傘面的灰針，一同化成細如粉末的結晶體。

「秋冬語，別讓安萬里逃離——我先弄出老大！」灰幻五指往虛空一抓，全部結晶驟消，髮絲又回復原本長度。

這名外貌青稚的特援部部長沒有絲毫遲疑，馬上雙掌大力合上，新的一股結晶體應聲而生，每一角都鋒利無比，宛若灰色金屬。

「了解，無異議……」與輕飄飄又帶點乏力的語調相反，秋冬語一收傘，身子立即像是蓄滿勁道的離弦之箭，全速掠出。

那張似人偶精緻的白皙臉蛋依舊面無表情，可是她的全身上下每一處，都散發著迫人的凌厲和堅決。

不壓制安萬里，讓他動彈不得，誓不罷休。

秋冬語想知道這個空間裡發生了什麼事，而她一定會知道，在制伏安萬里之後。

她原本安靜地待在開發部留給她的實驗室內，配合著他們的調查分析，好釐清她的種族之謎，找出自己隸屬哪一支妖怪。

但是突然間，一股陌生的感覺冷不防重重擊中了她。

她說不上來，那是她之前不曾經歷過的。

而且，很不舒服，很不愉快。

像是有重物壓迫在她的胸口，令她呼吸困難。

秋冬語檢查過了，確定她的身上並沒有眞的壓著任何東西。接著她想起來，蔚可可曾告訴過她，這樣的感覺叫作不安。而女孩子的直覺向來很準確，如果覺得不安，就不要猶豫地立即行動。

秋冬語相信蔚可可的話，即使她還是不太明白「直覺」的意思。她不假思索地扯掉連接在身上的管線，任憑實驗室裡的儀器發出急促低鳴，抓起擱在床頭的蕾絲洋傘，一個箭步就衝了出去。

秋冬語感到不安，公會裡正發生什麼令她不安的事。

可可不在這裡，那麼只有可能是……老大！

等到秋冬語一路奔尋至安萬里房外，那種讓她心臟強烈收縮、血液好似一口氣倒流的感覺再度降臨。

第一次，是蔚可可差點遭到白曉湘傷害的時候；第二次，就是現在，就是親眼目睹胡十炎受到重傷的瞬間。

將後方完全託付給灰幻處理，秋冬語速度極快，那抹看起來弱不禁風的身影猶如一道迅捷閃電，眨眼間便縮短與安萬里的距離，再度對他發起攻擊。

「你傷了老大……爲何？爲什麼？」秋冬語沒有停頓，傘尖刺擊出的利光像是交閃出一朵熾白的花，毫無起伏的質問飛快吐出，「老大信任你……喜歡你，把你當要好的朋友……可是你傷了老大，不行、不行、不允許。」

秋冬語眼眸裡的冰冷焰火翻掀出巨浪，揚起的蕾絲洋傘雷霆萬鈞地揮下。

「不原諒！」

彷彿看出這一擊的悍然威力，安萬里表面笑意未減，卻也不敢大意地只用覆上石片的手掌承接。

一面泛著白光的屏障就像盾牌張開，隨後是第二面、第三面……

多重障壁層層疊加，橫阻在蕾絲洋傘與安萬里之間。

秋冬語蒼白手臂浮現青色血管，隨著愈發加劇的力道，宛如荊棘要從皮膚下掙冒出來。最上方的光屏迸出裂縫，裂縫擴展，接連成蛛網般的形狀。

然後，碎裂。

蕾絲洋傘勢如破竹地持續往下壓斬，第二層的光壁也是同樣下場，再來是第三層、更下面的一層。

安萬里注意到那握著傘柄的手指末端覆蓋上異於蒼白的顏色，是明耀如寶石的鮮紅。彷如與安萬里相互抗衡，秋冬語的指尖浮現出鮮紅色的結晶，結晶轉眼蔓延，如同替換血肉、皮膚般來到了上臂位置。

安萬里的眼一瞇，幽藍似深詭湖泊的雙眸竄閃過異光，彎起的嘴角噙著若有所思的笑意，像在確認什麼，又像滿意自己確認到的結果。

下一瞬間，搶在最後一層光壁終於支撐不住，在秋冬語的洋傘下變成碎片之前，安萬里腳步拔起，他的身形一晃，倏地移動到窗前。

密閉窗戶在他掌心貼上的剎那，竟碎裂成無數微小分子，往大樓外噴濺。

未落的夕陽照射在上，使得每一片碎玻璃都染上微光，像絢麗的鑽石塵。

安萬里往後退，輕巧地踩踏上窗沿，背光的修長身影如同一道剪裁完美的剪影。

「我信任十炎，也相當喜歡他，將他當成要好的朋友。」安萬里露出溫和的笑容，「可是，那和我打算殺了他，是完全不同的兩回事呢。」

尖銳到疼痛的情感衝了上來，那是憤怒，那是殺意。

秋冬語只覺全身都在叫囂著一個念頭：不能原諒，絕不能饒過安萬里！

蕾絲洋傘從秋冬語手上脫落，那隻布滿鮮紅結晶的手臂使勁伸展，倏地探抓向安萬里的頸子。

同時指尖的結晶也產生異樣變化。

結晶體變得猙獰鋒利，乍看之下肖似駭人的獸爪。

尖利的爪尖幾乎就要觸及安萬里的皮膚。

沒想到安萬里霍然鬆開撐按在兩側窗框的手，身子向後倒下，墜入空無一物的高空中。

不行、不行，不能讓他逃了。秋冬語的腦中只剩這個想法，她的雙眸看似平淡實則激動，身體本能地採取接下來的行動。

長直髮女孩的腳步沒有任何停滯，她直奔那扇如今玻璃盡數破碎的窗戶，身形一拔，足尖踏上窗沿。

秋冬語毫無猶豫地跟著一躍而下。

她幾乎就要抓住對方了，即使身子已完全暴露在高空中，腳下是將近十層樓的高度——說時遲、那時快，一條黝黑影子猛地從窗內竄出，捲住秋冬語的腳踝，將那抹懸空的纖細人影立即扯拽回房間裡。

秋冬語摔跌在地板上，一時之間還有些發懵，沒辦法反應過來。明明前一刻她極力伸張的五指就要箝抓住那被劃出血痕的頸項，爲什麼下一瞬間她卻回到了房裡？

緊接著，秋多語就望見掙脫結界的胡十炎坐在血泊中，小臉蒼白如紙，碩大的漆黑尾巴回到他身後，恢復尋常大小。

黑髮金眸的小男孩沒有接受灰幻的攙扶，也沒有多看地面的秋冬語一眼。他金黃的瞳孔縮窄成針尖狀，釋放獸類特有的凶獰。

同一時間，稚氣凌厲的喊聲劃破虛空。

「里梨！封鎖大樓、攔住安萬里——現在！」

就像是在回應胡十炎的吶喊，濃闃的黑暗像漩渦般平空湧現，旋即有如潑濺的墨水，從窗口疾射出去。

大樓外的空氣如同受到扭曲，景物重疊、擴散，轉瞬又一切如常。

黑暗很快就從窗外湧退回來，在地面上形成水花噴濺的形狀。

中心處，一抹嬌小玲瓏的粉色影子頓現。

胡里梨單腳屈膝，大眼睛緊緊盯視著窗口。確認自己的空間裡全然失去安萬里的氣息，不禁懊惱地鼓起腮幫子。

「老大，副會長跑了，里梨我沒抓到他……這次你們是在玩捉鬼遊戲嗎？」胡里梨以爲像平時一樣，胡十炎和安萬里又因爲無聊的理由彼此較勁，例如爭論夢夢露和蒼井索娜誰比較美。她忍不住皺皺可愛的鼻尖，心想都六、七百歲的妖怪了，怎麼比甲乙他們還要幼稚？

可是，身後卻沒有傳出任何回答。

擁有粉紅髮絲和紫晶眼眸的小小呑渦納悶地轉過頭，然後看見的是她這輩子從未見過的恐怖景象。

在她心目中永遠最強大的六尾妖狐，渾身是血地失去意識，胸口位置是五個怵目驚心的血窟窿。

胡里梨跌跪在地，唯一記得的，就是自己淒厲地尖叫出聲。

「老大——」

〈守鑰與四封〉完

番外　時光片段

「老大——」

伴隨著活力充沛的嬌軟嗓音穿入厚重門板，坐在會長辦公室裡玩手機遊戲的胡十炎甚至都還來不及喊出一句阻止的話——像是別破壞門，不要再增加修繕費用，本大爺這個月的薪水要被扣到赤字之類的。

轟然一聲重響，那扇沉重厚實的木頭大門當場狼狽地脫離合頁，以奇怪角度轉了半圈後，便依循地心引力的法則，和地板來了一場親密無間的接觸。

同時發出不比先前遜色的撞擊聲。

胡十炎摀著半邊臉，慢慢坐回自己的董事長皮椅內。他不想說話，只想獨自靜靜。

然而這微小的願望卻無法達成。

只因失去遮蔽物的門口處，正佇立著一抹嬌小玲瓏的身影。

那是一名臉蛋白嫩，鼓起臉頰會令人想到包子的可愛小女孩，有著粉紅色髮絲和如紫水晶剔透的大眼睛。

如果可以，胡十炎眞想抽出隨時準備在抽屜裡的幾本偶像雜誌，塞給門口的小女孩，打發她離開。

他差點就可以打出最高分數，踢下一直佔據排行榜首位的安萬里……

偏偏胡十炎看見小女孩的大眼睛裡滾著淚珠，假使置之不理，有百分之九十三點五的機率會變成嚎啕大哭。

所以，不行。

胡十炎搓搓臉，無聲地嘆口氣。他放下手，輕巧地跳躍到辦公桌上，拿出公會會長的霸氣姿態，居高臨下地問道：

「又怎麼了？和甲乙、丙丁、戊己、庚辛吵架了？」

「才……才不是呢。」個子小小，但具備驚人怪力的胡里梨吸吸鼻子，抽抽噎噎地說，「里梨我那麼成熟，才不會跟甲乙他們那群男生吵架……」

會哭著跑來，還將別人辦公室大門打飛的舉動，壓根和「成熟」沾不上邊。

還有，戊己其實是女孩子。

以上兩個想法，胡十炎都沒有說出來，他可不想馬上見到面前的小臉淚水氾濫。

「好好好，不和他們吵架，那是和誰吵架？」胡十炎充滿耐心地安慰著。

「老大好過分！」沒想到胡里梨卻發出一聲傷心的哭叫，「爲什麼都是吵架？人家才不跟人吵架，里梨我明明又乖又聽話啊……難道老大覺得我是壞孩子嗎？我……」

胡里梨的眼淚像旋開的水龍頭嘩啦流下，一番話因哽咽而說得上氣不接下氣。

胡十炎緊張地發現，嚎啕大哭的機率正急速上升到百分之九十九點一，顧不得擺出狂霸酷炫的姿勢，他連忙跳下桌子。

一條柔軟華麗的漆黑大尾巴立刻從他身後伸展出來，溫柔地圈住胡里梨，像給人一記溫暖的擁抱，尾巴尖還輕輕拍了幾下。

胡里梨的眼淚果然很快止住，但一雙眼睛已變得紅通通，有如兔子眼睛。

見胡里梨稍微平復激動的情緒，胡十炎鬆口氣的同時，也由衷感到一絲自豪。

在神使公會裡，除了秋冬語是從嬰兒時期就由他親手拉拔長大，胡里梨的情況其實也差不多。只不過她是在更大一點後，才由他負責照顧。

因此胡十炎很清楚，怎樣才能迅速安撫兩名女孩，畢竟她們可都是相當喜歡自己用尾巴推動搖籃，或是玩丟高高的遊戲。

她們都喜歡他的尾巴。

確定胡里梨不會再說哭就哭，胡十炎收回尾巴，充滿耐性地再問一次，「好啦，快告訴

我發生了什麼事？有人欺負妳的話，本大爺馬上去將他踹飛。」

「才不用老大，里梨我自己就可以很容易把人打飛了……」胡里梨噘著嘴唇，眼眶含淚地說，「帝君答應人家，今天要帶我去看演唱會的……可是紅綃說嗚火的研究有新發現，把帝君拉進實驗室了，這樣子，沒人帶里梨我過去了啊……」

胡十炎暗地長嘆口氣。一旦被紅綃拉入實驗室，張亞紫大概一時半會兒都不可能出來。

應該說，直接在裡面關個三、五天都非常有可能。

眾所皆知，開發部就是一群瘋子。而熱衷獲得新知識的張亞紫，也不遑多讓。

胡十炎沒有要胡里梨去找別人。在整個公會裡，她就只聽服他和張亞紫的話。倘若真隨便抓個人過來代替，只怕胡里梨一出公會，就會不受控地東鑽西竄，最後很可能演變成走失的狀況。

看樣子，遊戲是甭想玩了。

胡十炎認命地放棄，但不代表他只會讓自己在假日裡還要負責帶孩子。

那雙金澄眼眸銳利地往外頭一掃。

似乎感受到某種不祥寒意，凡是經過會長辦公室外的人，都會猛烈地加快速度，宛如身後有洪水猛獸追趕似地，一溜煙就消失在胡十炎的視線內，完全不敢多加逗留。

沒一會兒，大門外就不見任何公會成員通過，也許彼此間都通風報信了也不一定。

胡十炎還是緊緊盯著外頭，下一秒，他眉毛一挑，雙手抱胸，不客氣地扔出一句命令。

「趕快給本大爺滾進來吧，安、萬、里。」

胡里梨聞言一愣，反射性轉過頭，可是門外卻空無一人，哪有公會副會長的影子。她不由得困惑地眨眨眼，正當她眨到第三下時，一抹修長身影眞的慢吞吞地自牆後走了出來。

黑髮男子推推鏡架，溫文儒雅的面孔泛起淡淡的苦笑。

「結果還是被你發現了啊，十炎。」安萬里嘆氣。

「嘖嘖，誰教某個老妖怪喜歡聽人壁角。你這八卦的德性，還眞像上了年紀的人。」胡十炎不留情地大肆批評，「眞讓人擔心你的老年生活。」

「話不是這麼說，我還是很年輕的，只和十炎你相差一百多歲而已哪。」安萬里早已習慣胡十炎的毒舌，從容不迫地回應道：「況且在人類眼中，我還只是個大學生呢。」

胡十炎大翻白眼，覺得自己從未看過如此厚顏無恥之人，不，之妖。

七百多歲了還敢說自己年輕？

太不要臉了！

就連胡里梨也像是被安萬里的年輕宣言震懾住，大眼睛傻愣愣地瞪著對方不放。

「算了，身爲體貼的上司，不會去打破下屬的妄想。回歸重點。」胡十炎揮揮手，接著做出獨裁的宣告，「本大爺要帶里梨去聽演唱會，你也要負責陪她。有意見可以提出，但聽不聽是我的事。」

換句話說，胡十炎不接受同意以外的答案。

胡里梨顯然也聽明白胡十炎的計畫，猶帶紅腫的紫眸立刻飽含希冀地瞅瞅公會兩大巨頭。

「實際上，我今天……」安萬里略帶爲難地說。

「嗯？」胡十炎皮笑肉不笑地揚高眼角。就算他的身高輸給安萬里一大截，他就是有辦法像是在高處睥睨著人。

那眼神的意思很明白，就是——你要是敢讓里梨下一秒大哭的話，本大爺很可能會考慮把你的頭扭下來當球踢。

安萬里摸摸脖子，他還是比較喜歡腦袋和脖子不分家的感覺，於是他不假思索地繼續說下去——

「今天剛好沒有特別行程呢。里梨，請讓我陪妳一起去看演唱會好嗎？」

「眞的？副會長你說眞的？」

「當然是眞的，守鑰是不會說謊的。」

聽到安萬里這麼說，胡里梨雙眼放光，眼中光芒就像燦爛的煙火。

「太棒了！里梨我馬上去準備，去換最可愛的洋裝！要等我喔！」語畢，胡里梨如同一陣粉紅色的小型旋風，拔腿往外衝。

安萬里連忙往旁退，以免自己被撞飛出去。

可是沒一會兒，那抹以爲已經跑走的小影子冷不防又從牆後探出頭，紫眸眨巴地望著。

「老大也要去喔。」

「知道知道，快去準備吧。」胡十炎舉起手，表示保證。待胡里梨眞正離開後，他橫睨了安萬里一眼，「笑什麼笑？顏面神經失調嗎？」

「哎，我覺得我的神經很正常。」

「呸，明明就是狐狸眼、狐狸笑……好好的假日，卻得帶小孩去聽演唱會。」

「嚴格來說，負責帶小孩的是我，而且還是帶兩個呢。」

「最好是。論心智年齡，是本大爺成熟，勉爲其難帶兩個小鬼去聽演唱會。」

「不不，我覺得……」

一來一往的爭論越飄越遠，最後變得模糊。

「副會長？」

突來的叫喚讓安萬里驟然回過神來。他一轉頭，見到紅綃疑惑地望著自己。

「抱歉，只是不小心分神一下，想起了一些往事……」安萬里推扶鏡架，溫和地笑笑，「紅綃，妳對於人不會說謊這件事，是怎麼看的？」

「奴家的看法嗎？」紅綃眨了眨風情萬種的眼眸，雖然不明白安萬里為什麼突然提出這個問題，卻仍如實回答，「奴家覺得『人不會說謊』這件事，本身就是個最大的謊言哪。」

「真巧，我也是這麼認為的……啊，不好意思，問了妳這麼奇怪的問題，現在我們還是趕緊按照計畫行動吧。」安萬里的笑容柔軟，但鏡片後的碧眸有種果決的魄力。

紅綃沒有任何異議。

朝安萬里點點頭後，那抹披裹著紅紗的柔媚身影，瞬間與他朝著不同方向飛奔前進。

紅綃要返回神使公會。

安萬里則是要前往寂言村的符家。

情絲一族失蹤許久的族長就在那裡，身上藏有「唯一」的封印。

而他，就是要去那邊阻止一切。

等到了符家別館後，安萬里將會弄醒昏迷的蘇染、蘇冉，將受到情絲操縱的符家弟子全數轉移到安全的地方。

他還會在自己施展的守鑰結界裡，俯下身子，湊近情絲耳邊，逸出的話聲語氣平和，但染著笑意的碧綠雙眸底處盡是一片寒冰。

最後，他將朝被鳴火重創的情絲說：

「到此為止，請別再替我添亂了哪。否則我真的會無法逆轉封印，釋放『唯一』的。」

〈時光片段〉完

後記

終於……終於來到這裡了……

關於接下來的這樣那樣發展，在這篇後記裡，是通通不會劇透的啦XDDD

例如，十炎聽到的那句話到底是誰說的？

例如，安萬里究竟是在什麼地方就被污染了？

例如，接下來的神使公會要如何面對這有史以來最棘手的敵人？

以上這些……剛剛就說了，不劇透嘛（毆）

雖然不會多劇透，不過還是可以來聊聊本集劇情的～

安萬里是敵人這部分，在最初打神使大綱時就已經先設定好了，對於這種溫文儒雅型的反派向來很沒抵抗力。另一種我也沒抵抗力的反派，則是屬於瘋狂類型的，就像是情絲還有符郎香。

不知道對於情絲原來沒有被消滅這點，有沒有讓大家覺得吃驚？同時也希望能讓大家配合著故事的脈絡線索，產生「啊，原來是這樣！」的感覺。

要是有成功達到這個目標的話，我眞的會非常開心呢！

宿鳥和末藥的結局則是比較偏向開放式，在很久很久以後，他們也許會再相遇，也許不會，就看大家是怎麼想了。

由於本集的劇情走向關係，在插圖上，夜風大特地畫了幾個揪心場景出來。

根據夜風大的說法，她畫得非常愉悅XD

嘿嘿，偶爾虐虐有益健康喔。

神使的故事終於走到這裡，也代表著最後的決戰即將開始，等於進入了完結的篇章。

只是在和完結篇奮鬥的同時，我也得和我的腰椎奮鬥……腰椎最近受了點傷，所以目前是處於復健生活狀態（艸）

希望當下一集和大家見面的時候，我可憐的腰椎就會有大幅度的好轉了（海帶淚）

最後～依舊是照慣例的關鍵字時間～

守鑰的真相、唯一的甦醒、一觸即發的大戰……

我們下集見了！

醉琉璃

神使繪卷の小劇場！

柯維安

大家去百貨公司都習慣先去哪一層樓呢？我先來，我最喜歡去嬰幼兒用品的那層樓了，到處都是超級萌的小天使！

蔚可可

哪一層嗎？我和小語不是去美食街，就是去看看少女服飾。嗯，看看啦……畢竟那邊的價格不太平易近人，根本是好貴啊！

柯維安

我還可以偷偷透露灰幻喜歡去有珠寶首飾的那層唷。

宮一刻

用腳毛想都知道，是想找未來跟范相思求婚用的東西吧。我不常去那地方，會去也都是被柯維安你拖去，還有被蘇染或楊百罌拉去吧。她們不知道為毛都喜歡去逛寢具家飾那層。

柯維安

小白、親愛的……你的敏銳真的只用在別人身上耶……

神使繪卷
The Story of GOD's Agents

【下集預告】

胡十炎重傷、安萬里叛逃，
神使公會陷入群龍無首的困境，
然而更殘酷的眞相正在等著他們。

封印破碎，沉睡七百多年的蒼淚終於甦醒，
「唯一」的降臨，將帶來何種災禍？

完結篇．戾與唯一

冬季，驚艷推出！

國家圖書館出版品預行編目資料

神使繪卷. 卷十四 / 醉琉璃 著.
——初版. ——台北市：魔豆文化出版：蓋亞文化發行，2015.11
冊； 公分.（Fresh；FS095）
ISBN 978-986-5987-75-6
857.7 104005984

作者 / 醉琉璃
插畫 / 夜風　　封面設計 / 克里斯
出版社 / 魔豆文化有限公司
地址◎ 台北市103赤峰街41巷7號1樓
電話◎（02）25585438　傳真◎（02）25585439
部落格◎ gaeabooks.pixnet.net/blog
臉書◎ www.facebook.com/Gaeabooks
電子信箱◎ gaea@gaeabooks.com.tw
投稿信箱◎ editor@gaeabooks.com.tw
郵撥帳號◎ 19769541　戶名：蓋亞文化有限公司
發行 / 蓋亞文化有限公司
法律顧問 / 義正國際法律事務所
總經銷 / 聯合發行股份有限公司
地址◎ 新北市新店區寶橋路二三五巷六弄六號二樓
電話◎（02）29178022　傳真◎（02）29156275
港澳地區 / 一代匯集
地址◎ 九龍旺角塘尾道64號龍駒企業大廈10樓B&D室
電話◎（852）2783-8102　傳真◎（852）2396-0050
初版一刷 / 2015年11月
定價 / 新台幣 220 元
Printed in Taiwan

ISBN / 978-986-5987-75-6

魔豆

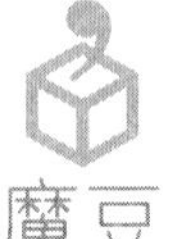
魔豆